3

PAPYRUS MODERN FANTASY STORY

천재 배우 강림

글소리 현대판타지 장편소설

PAPYRUS
파피루스

천재 배우 강림

글소리 현대판타지 장편소설

천재 배우 강림 3

초판 1쇄 발행 2023년 5월 11일

지은이 ǀ 글소리
발행인 ǀ 최원영
편집장 ǀ 이호준
편집 ǀ 송영규 최종건 정재웅 양동훈 곽원호 조정범 강준석
편집디자인 ǀ 한방울
영업 ǀ 김민원

펴낸곳 ǀ ㈜ 디앤씨미디어
등록 ǀ 2002년 4월 25일 제20-260호
주소 ǀ 서울시 구로구 디지털로 26길 111 JnK디지털타워 503호
전화 ǀ 02-333-2513(대표)
팩시밀리 ǀ 02-333-2514
E-mail ǀ papy_dnc@dncmedia.co.kr
블로그 ǀ blog.naver.com/gnpdl7

ISBN 979-11-364-4475-2 04810
ISBN 979-11-364-4372-4 (SET)

※ 저자와 협의하여 인지는 붙이지 않습니다.
※ 이 책은 ㈜ 디앤씨미디어(파피루스)가 저작권자와의 계약에 따라 발행한 것으로 본사와 저자의 허락 없이는 어떠한 형태나 수단으로도 내용을 이용할 수 없습니다.

천재 배우 강림

3

PAPYRUS MODERN FANTASY STORY

글소리 현대판타지 장편소설

PAPYRUS
파피루스

1장 ································· 7

2장 ································· 73

3장 ································· 133

4장 ································· 197

5장 ································· 267

1장

1장

 그 뒤로 난 며칠 동안 연기 연습과 대본 수정에 집중했다.
 오주혁은 바쁜 시간을 쪼개서 내 연기를 세세히 살펴봐 주었고.
 "확실히 대단해. 다른 사람하고 연기 근육이 붙는 속도가 달라."
 "그게 며칠 가지고 판단이 돼요?"
 나는 스트레칭과 연습으로 후끈해진 얼굴의 땀을 수건으로 닦았다.
 "내 눈엔 보여. 그제에 비해 어제가 낫고 어제보다 오늘이 더 나아."
 오주혁의 눈가에 뿌듯함이 깃들었다.
 "대사의 문장을 한 호흡으로 뭉쳐서 한 단어처럼 내뱉

는 게 중요하거든. 넌 누구한테 배웠는지 몰라도 그걸 이미 체화하고 있어. 이게 대단한 거야. 그걸 바탕으로 연습하니까 근육 붙는 속도가 달라."

"그렇군요."

그 때문이었구나.

저번 생에선 대본을 쓰면서 인물들 대사를 입으로 직접 말하곤 했었다.

그렇게 하면 더 자연스러운 대사가 나와 루틴으로 삼았는데, 그 과정에서 자연스레 익히게 됐나 보다.

이 얘기를 적당히 재가공해서 오주혁한테 들려주었다.

"작가 겸 배우라…… 포텐이 있으니 역시 시너지가 무시무시하군. 그러면…… 나도 분발해야겠지?"

오주혁은 앞으로 대사치는 문장의 길이를 더 늘일 거라고 했다.

"대본 작가들은 항상 대사를 짧게 자르려고 노력하지만 길게 써야 할 때도 있거든."

"그렇긴 하죠."

대사는 가급적 짧을수록 좋다. 이게 기본이다. 그래야 전하는 의미가 명확해지고 관객들에게 와닿게 되니까.

그런데도 상황상 길게 써야 하는 순간이 언젠간 올 수밖에 없다.

하지만 그건…….

"긴 문장을 한 번에 뱉는 게 아니라 두 번, 세 번으로 끊어 치는 연습을 할 거야. 이게 되면 진짜 실력이 확 오를 거다.”

한마디로 앞으로 연습 난도를 더 올리시겠다는 얘긴데?

“후후후, 기대해라 현림아. 이젠 양반집 규수처럼 얌전히 앉아서 말하는 게 아니라 이리 틀고! 저리 틀어서! 온갖 자세에서 말하는 법을 익히게 할 테니까.”

“…….”

순간 오주혁이 나의 연기 멘토가 아니라 연습실의 마귀로 보였다.

* * *

“화아…….”

벚꽃이 피어난 시민대학교 전경을 보자 나도 모르게 감탄을 내뱉었다.

-고백하려면 시민대학교 벚꽃 아래서-

어디서 들었는지 기억나지 않지만, 확실히 그런 말이 나돌 정도였다.

봄이 다가오면서 피어나는 꽃들은 언제 봐도 기분 좋지만, 시민 대학교 거리 위를 뒤덮은 벚꽃은 그걸 넘어 마음을 싱숭생숭하게 만들었다.

“캬, 한 폭의 그림 아니냐? 싸나이 가슴을 콩닥콩닥 뛰게 하는구나."

 덕환이의 눈이 평소보다 반짝거렸다.

 "이 모습을 혜연이랑 봤어야 했는데…… 하영이 누나랑도."

 "너 설마 양손의 꽃 이런 거 생각하는 거 아니지?"

 움찔.

 "유현림, 넌 내가 여자에게 환장한 새끼인 줄 아냐?"

 "응."

 "어케 알았지?"

 "……모르면 사람 새끼겠냐?"

 그렇게 크크, 웃던 오덕환은 내게 파일을 건넸다.

 "쓸 만한 것들 추려 봤으니까 한번 봐 봐."

 "오?"

 "덕분에 요새 계속 새벽에 잠든다니까."

 그는 졸린 듯 하품을 했다. 벚꽃으로 초롱초롱해진 눈은 회광반조였던 듯 평소보다 한층 흐릿한 눈이 되었다.

 "내가 이 악물고 뽑은 것들이야. 그러니까 한 번 보고 마음에 들면……."

 "마음에 들면?"

 "이따 사무실에서 혜연이 있을 때 나 칭찬 좀 해 줘."

 "……."

 그게 속마음이었냐?

 "후후, 그럼 혜연이도 날 좀 다른 눈으로 보겠지?"

오덕환은 의기양양한 웃음을 지었다.
참 일관된 놈이었다.

       * * *

오후 첫 수업은 한국 근현대사였다.
교실에 들어가자 동기들이 나를 반겼다.
"아? 현림아! 안녕?"
우르르-
응?
순식간에 나를 둘러싼 동기들.
나를 보는 얼굴에 미소가 가득하다.
여태껏 데면데면한 사이였을 텐데, 갑자기 이러니 당황스러웠다.
"현림이 너 웹 드라마 나왔지? 나 봤다? 이제 아예 그쪽으로 진로 튼 거야?"
"진짜 예쁜 언니하고 찍던데, 어땠어? 응?"
"이제 우리 현림이 이제 국사학과 네임드네? 나 사인 미리 받아 둬야 하는 거 아냐?"
⋯⋯동기 중 웹 드라마를 본 사람들이 생긴 모양이었다.
어질어질했다. 틈을 두지 않고 말의 홍수가 쏟아졌다.
간신히 얼버무리며 최대한 외진 곳에 앉아도, 따라와서 질문을 퍼붓는다.

이제는 아예 내 자리를 둘러싸고 앉을 기세였다.

'어우 이건 좀……..'

별수 없이 나는 대본 리딩을 연습해야 한다는 핑계를 대고 나서야 혼자가 될 수 있었다.

예상치 못한 작은 해프닝을 뒤로하고, 교수가 들어오자 근현대사 수업이 시작됐다.

* * *

역사 교수들이 자신이 전공 삼는 분야에 매몰된다는 얘기를 많이 들었다.

"이승만!"

"여운형!"

"박헌영!"

"국내진공작전!!"

"조선건국동맹!!"

근대사 교수가 딱 그 케이스였다.

정정한 노교수의 절절한 비분강개를 배경 삼아 나는 오덕환이 건네준 파일을 꺼냈다.

애국심 풀 충전 교수 수업에 일본 요괴를 탐독하는 학생이라니, 반동분자가 따로 없다.

나는 파일에 담긴 종이를 훑어보았다.

"오."

이번엔 꽤 괜찮게 골랐잖아?

인간 얼굴 형태의 과일인 인면수.

슬렌더맨의 동양판인 달걀귀신.

머리카락이 사방으로 뻗쳐나가는 머리 요괴.

등에 다리 여덟 개 달린 인간형 거미 요괴 등등.

분장 비용이 많이 들지 않고, 영상에 나오면 무서워할 요괴들이 듬뿍 실렸다.

그야말로 알짜배기.

'진짜 이 악물고 골랐군.'

단순히 요괴들만 뽑아 놓은 게 아니었다.

이것들이 나무가 가득한 섬에선 어떤 방식으로 등장해야 더 무서운지, 군인이라면 어떻게 대처해야 하는지에 대한 방법 또한 본인 생각을 섞어 세세하게 적어 놓았다.

의외였다. 현장 경험이 전혀 없는 덕환이가 이 정도까지 짜낼 줄이야.

이걸 극과 극은 통한다고 봐야 할까 아니면 혜연이 앞에서 칭찬받겠다는 의지의 발현이라고 봐야 할까?

어느 쪽이든 대단했다.

"민족중흐으으웅!!"

어느덧 열변을 넘어서 피를 토할 듯 목소리가 갈라지기 시작하는 교수님.

시대를 잘못 타고났다. 좀만 더 일찍 태어났으면 항일 역사에 이름을 새겼을 텐데.

나는 조심스레 덕환이의 파일을 집어넣었다. 저 교수한테 들키면 민족 반역자가 돼서 학점이 박살 날 듯했다.
　어쨌든, 덕환이의 파일은 합격이었다. 굳이 위험을 무릅쓸 필요는 없지.

* * *

　난 상상도 못했다.
　살면서 실제로 OTL 자세를 보게 될 줄은.
　그것도 저놈이 시전하는 것을 보게 될 줄은 더더욱 몰랐다.
　"대체 왜!"
　오덕환이 텅 빈 성혜연의 자리를 보며 절규했다.
　"완벽한 계획이었는데…… 크윽."
　그 계획…… 진심이었어?
　홱.
　"혜연이 어디 간다는 얘기 없었어?"
　내가 고개를 젓자, 오덕환은 세상 억울한 표정으로 절규했다.
　"직원 근태에 신경도 안 쓰냐 이 나태한 사장 놈아!"
　"우리 그런 사이 아닌데."
　우리는 회사가 아니다. 이카루스가 기본적으로 실버스틱 소속이긴 하지만 자회사 그런 개념이 아니다.

실버스틱은 우리가 대본을 만들면 사고, 콘텐츠를 만들면 제작비를 대준다.

그 후 거기서 나오는 이익을 실버스틱과 이카루스가 나눠 먹는 방식으로 돌아간다.

꼬박꼬박 월급을 받는 건 아니란 얘기.

실버스틱 소속 외주라고 보는 게 더 나을 것이다.

성혜연도 마찬가지. 나한테 돈을 받긴 했지만 그건 내가 개인적으로 감사를 표하는 의미에서 준 것일 뿐, 일방적인 상하관계가 아니다.

그런데도 혜연이가 여기 나와서 꾸준하게 글을 쓰는 건 자신도 경험을 쌓기 위한 목적이 컸다.

하루 안 나왔다고 이쪽이 뭐라 할 수 있는 처지가 아니지.

"그래도 어디 가면 간다고 얘기는 해 주면 좋았을 텐데에에!"

그건 나도 동감이었다.

아무 말 없이 안 나올 애는 아니라고 생각했는데.

알리고 싶지 않은 용무라도 있는 걸까?

"나중에 혜연이가 얘기해 주겠지. 우리는 우리 할 일이나 할까?"

"하아아아아아, 벚꽃 피는 봄날에 남자 놈하고 단둘이 사무실이라니 숨이 턱턱 막힌다."

투덜거리면서도 자리에 앉아서 컴퓨터를 켜는 오덕환

은 파일을 열고 검색에 들어갔다.

나 역시 대본 파일을 열었다.

'이번에 할 작업은······.'

이번 작품의 주인공, '윤선우'에 대한 세세한 조정을 할 생각이다.

처음 대본대로 가족 모두의 눈치를 보는 건 너무 고구마 같다는 생각이 들었다. 어머니라도 선우 편을 들게 해서 허들을 낮추는 게 더 나았다.

그게 더 많은 유입을 끌어올 수도 있겠고.

아버지 눈에 들고 싶어 하는 윤선우.

그런 아들이 안쓰러운 어머니.

이렇게 바꿔서 새롭게 써 볼 생각이었다.

'일단 초반에는 아버지한테 소외당한 윤선우의 모습을 그려야겠지.'

타닥······ 타닥.

* * *

[천불천승의 섬] 1화
(잠깐의 과거 회상 후.)
······.
당집 근처 흡연장/낮
윤선우는 전자담배를 훅 들이켜며 시장 상인들의 흥정

을 멍하니 보고 있다.
 문득 핸드폰 알림 소리가 울려 열어 보면, 먼저 승진한 동기의 SNS 알림이다.

[대한민국 육군 대위 충성충성^^7]

 게시물 밑에는, 여러 사람이 축하한다는 댓글이 달려 있다.

선우: 자식…… 기분 째지겠네.
선우모: (카톡메시지)아들 어디?

자동차 안/내부.
 밤거리, 차를 몰고 집으로 돌아가는 선우와 선우 어머니.
주택가 근처/밤.

선우 어머니가 차에서 내린다.

선우모: 그럼 부대 들어가서도 밥 잘 챙겨 먹고…… 알지?
선우: 네이. (씩 웃으며)그럴게요.
선우모: 섬에는 언제 들어간대냐.
선우: 한 일주일쯤? 그때 될 거 같아요.

선우모: (망설임) 그거…… 꼭 들어가야 하는 거지?
선우: 아, 엄마!
선우모: 얘는 왜 또 그러니? 혹시나 해서 그러는 건데.
선우: 진짜 걱정이 과해. 아들내미 이만 들어갑니다.

선우 어머니는 선우의 차가 사라지고 나서도 한동안 고개를 돌리지 못한다.

연대장실/내부
연대장과 마주 앉아 있는 선우, 태도가 각이 딱 잡혀 있다.
연대장은 그런 선우의 태도가 마음에 드는 표정.
잠시 후, 비서병이 커피를 각자 앞에 놓고 나간다.

연대장: (서류를 주며)어떻게, 할래?
선우: (받으며)네. 설명은 들었습니다. 태풍이 잠잠해지면 최대한 빨리 출발하도록 하겠습니다.

선우는 연대장이 담배를 깊이 빨아들이는 동안 받은 자료들을 꺼내 읽는다.
살짝 놀라는 표정을 짓는 선우.

선우: 이것들은…….

연대장: 섬. 너네가 갈 곳.
선우: 세상에.

선우가 들고 있는 자료는 불상과 장승들이 드문드문 보이는 숲 사진이었다. 그리고 산과 산, 봉우리의 접점에 자리한 커다란 절 사진이 섞여 있었다.

선우: 이게 알려지면 난리 나겠는데요?
연대장: 위에서 사학 쪽 교수 붙여 줄 거다.
선우: ······그럼 더 곤란하지 않겠습니까?
연대장: 우리와 긴밀~한 협조 관계에 있는 사람들이니까. 알아서 똥 닦아 줄 거다.
선우: 하지만.
연대장: 걱정 마. 이거 있는 곳하고 공사 현장하고는 멀리 떨어진 곳이니까. 나중에 발견했다고 퉁치면 되겠지.
선우: ·······.
연대장: 이번에 무사 복귀하면 인사 평가에 반영될 거다. 아버지께서도 자랑스러워하실 거야.

선우의 뇌리에 승진한 동기의 SNS가 스쳐 지나간다.

연대장: 아, 그리고 이 사실은 병사들에게 미리 말하지

말 것. 또 알면 폰이니 디카니 챙겨서 나중에 아주 골치 아파지니까.

선우: 알겠습니다. 그럼 전 이만 일어나겠습니다.

연대장: 아, 그리고 아버지 생신이 언제시지?

선우: ……한 달 뒤입니다

연대장: 그래? 같은 동기인데도 그간 떨어져서 안부도 제대로 못 전했는데 이번에 봐야겠어.

선우: 감사합니다. 아버지도 기뻐하실 겁니다.

선우는 연대장에게 경례하고 밖으로 나간다.

생활관/내부

병사들이 일과를 마치고 쉬는 생활관. 대략 십수 명의 병사들이 의자나 2층 침대에 앉아서 서로 수다를 떨고 있다.

선우가 생활관에 들어오자 병사들은 황급히 자세를 고쳐 잡는다.

오 병장: 소대장님께 경례!

선우: 걸그룹 영상만 보느라 공사가 다망하신 우리 국군 장병 여러분께 고한다. 뉴스 본 사람이 있을지 모르겠지만 우린 해군기지 준비 중인 섬으로 간다. 단단히 준비하도록.

* * *

"괜찮네."

나는 손을 탁탁 털었다.

저번 버전은 병사들이 핸드폰을 챙겨 가서 사진과 영상을 통해 서스펜스를 줬는데, 지금 시간대에는 그대로 쓸 수 없었다.

고증 오류니, 뭐니 하며 난리가 날 테니 어쩔 수 없었다.

이제 준비는 끝났다. 모든 등장인물이 스타트 포인트에 섰고, 섬에 착륙하는 순간 전력 질주할 것이다.

그러려면 우선.

혜연이가 돌아와야겠지.

성혜연.

"얼른 와라."

"동감."

내 마음을 읽었는지 덕환이가 격하게 고개를 끄덕였다.

* * *

카페.

성혜연은 매장으로 들어오는 주동현을 보곤 손을 들었다.

성혜연은 주동현을 보자 반가움과 어색함을 동시에 느꼈다.

주동현이 떠난 지 반년밖에 안 됐지만, 체감상으론 그보다 더 길게 느껴졌다.

테이블을 사이에 두고 앉은 둘.

침묵이 내려앉았다.

한참 후, 먼저 얘기를 꺼낸 건 주동현이었다.

"고맙다. 나와 줘서. 사실 안 나올 거라 생각했거든."

"에이, 오빠 무슨 말을 그렇게 해?"

"요새 많이 바쁠 테니 시간이 날까 싶었지."

멈칫.

웹 드라마 얘기네. 성혜연은 생각했다.

'뭐 어때? 먼저 떠난 건 본인이면서.'

모임장 자리에 내려왔다고 떠나란 법은 없다. 본인이 영화 산업 실무 교육받겠다며 먼저 자리를 박찼다.

"응, 개강 때문인 것도 있지만 이카루스 차기작 준비도 겹치니까 더더욱 숨차네."

"그래……."

주동현은 잠시 침묵했다.

'무슨 말을 하려고 부른 걸까?'

잠깐이라 생각해서 현림이한테 말도 안 하고 왔는데. 이렇게 늦어질 거면 톡이라도 미리 할걸. 걱정할 텐데.

복잡한 생각에 커피를 다 비울 때쯤, 주동현이 다시 입을 열었다.

"나 이번에 탁윤재 감독님이랑 웹 드라마 하나 찍을 예정이야."

"……와. 정말? 대박이다. 오빠 진짜 잘됐다."

유현림에게 이미 들은 내용이었지만, 성혜연은 처음 듣는 것처럼 반색하며 기뻐했다.

그걸 본 주동현의 긴장한 표정이 살짝 풀어졌다.

어깨에 힘도 살짝 들어갔다.

"뭐, 이번에 영웅호걸 필름에서 밀어줄 생각인가 봐. 영화 산업 실무 교육에도 오케이 사인 떨어졌거든."

"잘됐다, 오빠. 진짜 잘됐어."

"혜연아."

"……어?"

"이쪽으로 오지 않을래?"

성혜연은 대답 대신 주동현을 빤히 쳐다봤다.

"이카루스에서 나와서 영웅호걸로 들어오라고."

"오빠, 지금 무슨 말 하는 건지 알고는 있는 거지?"

"물론이지. 지금 너한테 같이 일하자고 제안하는 거야."

주동현의 두 눈에 자부심이 꽉꽉 들어찼다.

"영웅호걸 필름이야, 혜연아. 생각해 봐. 아마추어들 동아리도 아니고 배우 기획사도 아니야. 전문적으로 영상을 만드는 회사라고."

"그런 회사가 웹 드라마를 만들려고 해. 마침 감독님이 사람 한 명 필요하다고 하는데 네가 생각나더라."

"……."

"같이 일하고 싶다. 혜연아."

주동현의 눈빛은 진지했다.

"영웅호걸 필름은 조만간 킵하고 있던 대본을 웹 드라마 포맷으로 바꾸는 작업에 들어갈 거야. 그 자리에 네가 합류하면 다음 달에 있을 제작 발표회에 네 이름도 올라가는 거야."

성혜연은 침묵을 지켰고 주동현은 재촉했다.

"우리도 웹 드라마 경험이 있는 네가 들어오면 환영이거든. 미래를 생각해 봐. 백날천날 유현림 옆에 붙어 있는 것보단 영웅호걸 필름 손을 잡는 게 훨씬 현명한 선택 아냐?"

"……나 생각해서 불러 준 건 고마워, 오빠."

부드럽지만 명백한 거절의 대답.

주동현은 맥이 풀린 듯 의자에 등을 기댔다.

"선택은 자유지만…… 안타깝다. 혜연아."

"나도 안타까워. 오빠가 인원 빼 오기를 할 줄은 몰랐어."

"……."

성혜연은 주동현의 의도를 파악했다.

유현림의 얘기에 따르면 이카루스와 영웅호걸은 여름

쯤에 웹 드라마를 동시 개봉한다.

헐리우드처럼 제작사 간에 영화대결이 웹 드라마라는 스킨만 쓴 채로 열린단 얘기다.

지금 주동현이 하는 짓은 대결을 앞두고 인원을 빼 오는 짓이다.

그것도 본인이 이카루스의 핵심 인재라고 생각하는 성혜연 자신을.

영웅호걸 필름의 이름값에 살짝 끌린 건 사실이다.

하지만 유현림과 이카루스를 배신하고 간다?

성혜연의 머릿속에 그날이 떠올랐다. 그가 돈 봉투를 건네준 날을.

액수는 부차적인 문제였다.

줄 의무가 없는 돈을 쥐어 줬다.

감사하다며.

그건 쉬운 일이 아니다.

그걸 통해 유현림이 자신을 어떻게 여기는지 알 수 있었다.

성혜연은 마음을 굳혔다.

"난 오빠가 현림이한테 너무 연연하지 않았으면 좋겠어. 오빠 자신을 위해서라도."

"뭐? 내가? 현림이를? ……하하."

주동현이 어처구니없다는 표정으로 말을 이었다.

"너무 앞서간다, 성혜연. 내가 걔를 신경 쓴다고 생각해?"

"……악플 단 거, 오빠 아냐?"

"뭐?"

"[죽되놈]에 꾸준히 악플 단 거 오빠 아니냐고."

주동현의 이마에 주름이 잡혔다. 반면 성혜연은 미동도 없는 차분한 표정이었다.

"야, 성혜연. 너 사람을 그렇게 함부로……."

"오빠, 내가 예전에 썼던 단편 조그만 웹 영화제 출품한 거 기억나?"

"뭐?"

"그때 오빠가 안 쓰던 아이디 다 동원해서 추천해 줬던 거 기억나지? 아직 사이트 살아 있을걸?"

주동현의 얼굴에 당황한 기색이 역력했다.

성혜언한테 점수 따려고 했던 행동들이 이렇게 돌아올 줄이야.

"확인해 볼까?"

"……."

주동현은 침묵했다. 얘기는 끝났다.

성혜연은 일어날 채비를 했다.

"혹시나 해서 묻는데. 현림이 걔도 알고 있어? ……댓글."

"묻진 않았어. 하지만 아마도 알지 않을까? 걔도 눈치 귀신인데."

"……."

"현림이 과소평가하지 마."
"……그래."
"그래도 오빠, 난 영웅호걸 필름하고 오빠도 잘됐으면 좋겠어. 진심이야."
이번만 빼고는.
"말 안 해도 그렇게 될 거야."
주동현은 싸늘해진 목소리를 굳이 숨기지 않았다.
이카루스와 영웅호걸 사이에 전의가 한층 짙어졌다.

* * *

오덕환은 모니터를 진지한 표정으로 바라보며 업무를 진행하고 있었다.
"야, 얘는 악플 참 지저분하게 단다."
"뭔 소리?"
다가가보니 진상을 알 수 있었다.
하라는 일은 안 하고 [죽되놈] 댓글들 보고 있었네?
"업무에 집중 안 해?"
"에이 씨…… 좀만 더. 근데 이 악플러 진짜 독하다. 누굴까?"
"낸들 아냐? 내가 귀신도 아니고."
"너도 참 보살이다. 내 작품이었으면 그냥 확……."
그때.

드르륵-

성혜연이 사무실에 들어왔다. 날 보고 놀란 듯 눈이 동그래졌다.

"어머? 현림아, 아직 안 들어갔어? 지금 몇 신데?"

"9시밖에 안 됐어. 너야말로 무슨 일이야? 연락도 없고."
"아…… 그냥 아는 사람 만났어. 덕환이도 안 갔네."
"아, 하하 워낙 업무에 집중하느라! 시간이 이렇게 된 걸 몰랐네?"

능청스럽게 잡아뗀 오덕환은 내게 눈으로 신호를 보냈다.
'응?'
-야, 빨리 계획대로.
……지금이 칭찬할 타이밍이라고 생각하냐?
얘는 하여간 이럴 때마다 눈치라는 게 없어진다.
나는 그의 간절한 눈빛을 외면하고 성혜연을 살폈다.
"성혜연?"
묵묵히 자리에 앉아 노트북을 꺼내던 그녀는 문득 이쪽을 돌아봤다.
"……현림아, 우리 파이팅 하자."
"갑자기?"
"이번 작품, 파이팅 하자고."
왠지 모르게, 그녀의 등 뒤로 불길이 이글거리는 것 같았다.

"꼭…… 꼭! 이기…… 흥행하자."
대체 무슨 바람이 불었는지 어리둥절해하던 찰나.
갑자기 뇌리를 스치는 생각.
성혜연에게 넌지시 물었다.
"동현이 형. 잘 지낸대?"
흠칫.
역시.
"……어떻게 알았어?"
"어떻게 알긴."
말도 없이 누군가 만나러 갔어.
그러더니 돌아와서 영웅호걸하고 대결 확정인 다음 작품 파이팅하자고 한다?
딱 봐도 뻔했다.
돌아오고 나선 저렇게 타오르는 걸 보니 얘기는 잘 안 된 모양이었다.
성혜연은 한숨을 쉬었다.
"진짜 귀신이네."
"그 형 잘 지내?"
"너무 잘 지내. 전의를 불태우던데."
그녀는 주동현과 만났던 얘기를 해 줬다.
"……그래서, 거절하고 왔어."
허허, 인원 빼 오기라…… 그 친구 참 재밌게 노네?
정작 화가 난 건 오덕환이었다.

"주동현인지 뭔지 그따위로 나온다? 상도덕이란 걸 모르네?"

나는 덕환이를 향해 흐뭇한 미소를 지었다.

벌써 소속감을 가졌구나. 좋은 자세야.

"너도 그렇게 생각하는구나, 덕환아?"

"당연하지! 누구 맘대로 우리 혜연이를 빼 가려고!"

"……."

"이기자, 현림아. 예전엔 이런 생각 안 했는데 좀 실망했어. 이번만큼은 지고 싶지 않아. 꼭 이기자."

"나도 동감이다, 유현림! 우리 다 같이 화이팅하자!"

하긴, 저쪽이 저렇게 나오면 이쪽도 가만히 앉아서 당해 줄 순 없지.

"좋아! 그런 의미에서 덕환이 너는 이번에 한국 요괴들 알아 오고, 혜연이는 내가 말한 명단 내일 아침까지 제출해. 알았지?"

나는 방글방글 웃으며 두 사람의 어깨에 손을 얹었다.

"……."

"……."

이것들이 갑자기 눈을 피하네?

* * *

누군가 말했다.

내부의 단결을 끌어내기 위해선 외부의 적을 만드는 게 가장 효과적이라고.

만고의 진리다. 그리고 진리는 어디서나 통용되는 법.

여기, 이카루스라고 예외는 아니다.

외부의 적으로 영웅호걸이 한 번 타게팅되자 둘의 의욕은 놀랄 정도로 솟아올랐다.

둘 다 귀신같이 일에 집중하기 시작했다.

먼저 성혜연은 밤을 새우다시피 해서 인물들을 고쳐 왔다.

"하암…… 수업 시간에도 이거만 계속 생각했어."

"……그래도 눈은 붙이지."

다크서클이 광대까지 내려와 있다.

괜찮다~ 본판이 예뻐서 병약미다~ 노래 부르는 오덕환의 옆구리를 꼬집은 다음, 고쳐 온 인물들을 살펴보았다.

"좋아."

나는 합격점을 내렸다. 조연들 조형은 괜찮았다.

BJ에다 전직 토쟁이 출신으로 깝죽대기가 대대 제일인 오진철 병장.

농사만 지어서 힘은 괴물같이 센 데다 여자를 밝혀 휴가만 나가면 클럽 죽돌이가 되는, 그러나 항상 혼자 나오곤 하는 만년솔로 열혈남 최상식 상병.

법대생 출신으로 군 생활은 엘리트처럼 잘하지만, 자

기애가 강하고 밑에 애들을 악마처럼 굴리는 나르시스트 김영석 병장.

가난한 집안 환경에 고졸 출신이라 부사관을 노리는 FM 서승완 병장.

거기에 추가로 밑에다 이들의 과거와 성격 말고도 세세한 디테일과 예상되는 갈등까지.

내가 훑어봐도 딱히 흠잡을 곳이 없었다.

"괜찮은데?"

"그치?"

내 칭찬에 성혜연은 뿌듯한 미소를 지었다.

이렇게 잘해 올 줄은 몰랐다. 이 정도면 나중에 더 빡센 숙제를 내줘도 소화해 낼 수 있겠지.

내가 만든 윤선우와 본인이 만든 캐릭터들을 재료 삼아, 유현림이 쓴 [천불천승의 섬]이 아닌 성혜연 버전의 [천불천승의 섬]을 한번 써 보라고.

스스로 쓰면서 인물 간의 갈등을 어떻게 표현하고 사건을 어떻게 전개할 건지 고민해 보라고.

진도가 빠른 건 아닐까 생각했지만 이내 고개를 저었다.

늦은 건 있어도 빠른 건 없다. 게다가 이미 성혜연은 단편 [도둑]을 써 보지 않았는가. 충분히 쓸 수 있다고 생각했다.

놀라운 건 덕환이었다.

바로 옆에 앉은 성혜연에겐 눈길도 주지 않은 채 우다다다 키보드를 두드리더니, 이틀 만에 한국 요괴 중에 쓸 만한 것들을 쓸어 왔다.

일본 요괴처럼 '어떻게 하면 무섭게 나타날까'에서 추가로…….

"승려 귀신, 무당 귀신, 그슨대, 새우니…… 벼락 도깨비? 고관대면까지? 이야."

스케치까지 그려 왔다. 심지어 그 스케치조차도 상급의 퀄리티.

"너…… 그림 언제 배웠어?"

"후후, 이래봬도 전직 만화가를 꿈꾸던 몸이었지."

대박인데? 라는 말은 덕환이의 불타오르는 두 눈에 삼켜졌다.

"혜연이를 뺏으려 한 주동현을 부순다. 내 모든 재능을 바쳐서……! 처음 여기 들어왔을 때부터 그 생각뿐이었다!"

네 마음대로 과거를 왜 바꿔?

어쨌든 좋다. 내 친구들은 제 역할을 훌륭히 해 줬다.

성혜연은 꾸준히 경험치를 쌓고 있고, 오덕환은 자료 조사할 시간을 획기적으로 줄여 주었다.

그러면 이제.

"이제 내가 나설 차례군."

모두 집으로 돌아가고 혼자 남은 이카루스 사무실에

서, 발을 쭉 펴고 앉은 채로 중얼거렸다.

*　*　*

 성혜연과 주동현이 만난 지 사흘이 지났다.
 타탁-타다닥.
 토요일을 맞이해 새벽부터 이카루스 사무실에 혼자 남아 키보드를 두드리고 있자니 기분이 색달랐다.
 충실함 게이지가 가득 차오르는 느낌.
 작업 속도도 순조로웠다.
 영웅호걸.
 탁윤재.
 주동현.
 생각지도 못한 것들이 자꾸 질척거리니 내 안의 호승심이 자극받은 모양이다.
 키보드 두드리는 손가락은 주저함이 없었고 지금은 4화를 써 내려가고 있었다.
 '이 부분부터 본격적인 내용이 시작되긴 하는데.'

 섬에 들어온 군인들은 이곳이 심상치 않은 곳임을 깨닫고 지원을 요청하지만, 다시 몰아친 폭풍으로 고립된다.
 탐사대가 세웠던 베이스캠프를 찾았다.
 후에 공사를 진행할 건설 공병들도 쓸 수 있도록 큼지

막하게 지어졌지만, 인기척은 없다.

이미 무언가에 습격당한 듯, 컨테이너로 만든 임시 숙소나 창고는 피 칠갑이 되어 있다.

윤선우는 동요하는 부대원들을 억지로 진정시키고 베이스캠프에 자신들의 짐을 정리한다.

분위기는 밤이 되자 한층 음산해지고.

밖에서 담배를 피우던 군인들은 맞은편 산의 나뭇가지들이 이상할 정도로 좌우로 흔들리는 모습을 보게 된다.

베이스캠프 주변을 정찰 나간 군인들은 수풀에 서 있던 사람들을 발견하게 되는데…….

그것은 사람이되 사람이 아닌, 마치 무언가가 사람 흉내를 내는 느낌이 들어 겁에 질려 복귀한다.

여기까지 보게 된 관객들은 모두 짐작하게 된다.

조만간 무언가가 일어나게 될 거라는 걸.

프롤로그에서 나타난 인외존재 그리고 그것과 비슷한 것들이 윤선우와 소대를 덮치게 될 거라는 걸.

똑똑-

한창 몰입하는 중에, 누군가 사무실 문을 두드렸다. 고개를 들어 보니 연나연이었다.

옆구리에는 제법 두툼한 책들을 끼고 있었다.

"주말인데도 나와서 대본 작업인가요? 열심이시네요, 현림 씨."

"그러는 실장님이야말로 주말까지 나오셨네요."

오주혁 피셜, 어젯밤 그녀의 사무실 불은 12시가 다 되도록 켜져 있었다는데.

"업무 밀리면 어쩔 수 없죠. 루틴이 깨지는 건 불만이지만."

연나연은 사무실 안에 들어와 문에 가장 가까운, 그러니까 오덕환의 자리에 앉아 내게로 방향을 틀었다.

"얼마나 썼어요?"

"지금 4화 후반부요."

"네? 4화요? 벌써요?"

벌써라니.

그때 말이 나온 게 3월 중순이었다.

4월 중순까지 써 내겠다고 했고 다음 주가 3월 마지막 주다.

벌써? 가 아니라 아직도? 라고 말하는 게 옳다.

사실, 그렇게 말한다고 해도 전혀 걱정될 건 없다.

어디까지나 성혜연을 키우기 위해서 며칠 기다리다 시작한 것일 뿐 대본 쓰는 속도가 느려진 건 아니었으니까.

연나연의 눈동자가 흔들렸다. 그녀는 믿을 수 없다는 듯 나를 보더니 조심스레 입을 열었다.

"혹시 괜찮다면 지금까지 쓰신 거…… 제가 한번 봐도 될까요?"

그 말에 불신의 느낌은 없었다. 그저 확인하고 싶어 하는 것처럼 보였다.

믿기지 않은 얘기를 들을 때 두 눈으로 확인하고 싶어 하는 건 인간의 당연한 본능이니까.

"그러죠."

나는 곧바로 [천불천승의 섬] 4화까지의 내용을 뽑아 그녀에게 건넸다.

* * *

연나연은 내 대본을 보는 내내 눈을 반짝였다.

"흐흠."

눈을 빛내며 한참 흥미진진하게 읽던 연나연은 다 읽었는지 대본을 내려놓았다.

"어땠어요?"

"와 진짜…… 재미있는데요? 공포라고 하길래 솔직히 섬의 폐교나 폐가에서 귀신 만나는 이야기 생각했는데, 제 착각이었네요."

"오."

"……?"

섬의 폐교나 폐가라…… 그것도 나름 재밌겠는데?

나중에 혜연이한테 한번 써 보라고 할까?

"요괴들이 봉인된 섬, 그리고 그곳에 도착한 군인들…… 오랜만에 밀리터리 호러네요. 알 포인트나 GP506

을 너무 재밌게 본 입장에서 천불천승의 섬 역시 기대돼요. 하지만."

연나연이 얘기를 이어 갔다.

"역시 걱정되는 건……."

"제작비다?"

"잘 아시네요."

아무렴, 너무 잘 알지. 작가와 감독의 영원한 친구이자 적 그 이름하여 제작비.

"이건 빼박 섬에서 찍어야겠죠? 스텝들, 배우들 가서 체류하는 비용은 물론이고 아직 요괴들이 본격적으로 나오진 않았지만 대충 봐도 분장비도 만만치 않겠는데요? 우리 실버스틱이 제작비 지원해 주는 것도 한계가 있어요."

나 역시 잘 알고 있다. 나도 양심이라는 게 있으니 실버스틱한테만 홀랑 빼먹진 않아.

"그래서 미쓰이의 제안을 고맙게 생각하고 있습니다."

30퍼센트나 지원해 준다면 부담이 확 줄 것이다. 그것도 간섭이 덜한 해외 투자.

"으음……."

연나연이 신음을 뱉었다.

"그쪽이 순순히 제작비를 내뱉어 준다면 우리로선 더할 나위 없지만요."

쉽지 않다는 이야기다.

아무리 상한선을 안정했다고 해도 터무니없는 제작비

가 예상되는 대본을 보낸다면, 그러니까 덕환이의 초기 예상처럼 섬에서 거인이 출몰하고 드래곤이 브레스를 뿜는 내용이라면 당연히 거절하겠지.

이쪽도 그 정도는 예상하는 바다.

"연 실장님, 그 부분은 제가 나중에 실장님하고 다시 얘기할 날이 올 겁니다. 우선은 제작비보단……."

"제작비보단?"

"분량 확보에 신경 쓸게요."

일단 분량부터 마련해야지 교섭이고 뭐고 되는 법.

"제 예상으로는 다음 주 목요일에 8화 완성될 겁니다."

"네? 다음 주?"

"네, 16화 예상하니까 딱 절반 분량이죠."

"……하루에 한 화씩 쓴다고요?

연나연이 놀라서 되물었다. 물론 난 고개를 끄덕였고.

"말도 안 돼. 아무리 그래도 너무 말도 안 되는 속도 아녜요? 학교도 다니잖아요. 프로 작가도 이 정도까진……."

믿기지 않는다는 듯 중얼거리는 그녀.

지금이다.

나는 이때를 위해 그럴듯한 핑계를 준비했다.

"혜연이가 [천불천승의 섬] 캐릭터 조성을 도와주고 있습니다."

"아, 그 사람이 현림 씨 도와주고 있었군요."

"네. 대본 학원에도 다녔고 직접 대본 쓴 경험도 있어서 큰 도움이 되고 있어요. 속도도 그래서 나는 거고."

거짓말은 아니다. 실제 기여분으로 따지면 10에 1은 그녀의 공이었으니까.

내 말에 연나연은 그런가 하는 표정을 지었다.

"하긴…… 그렇다면 이해는 가지만."

어쨌든 핑계가 훌륭히 먹혀들었으니, 다음 단계로 얘기를 끌어낼 때였다.

"그러면 실장님은 8화 분량을 바로 미쓰이 쪽 메일로 쏴주세요."

"어…… 왜죠? 완성본이 아니잖아요."

"괜찮아요, 실장님. 저쪽은 대뜸 다 주면 호구로 볼 가능성이 크거든요."

크다 뿐이랴. 이미 서신산과의 우정을 미끼로 덫을 놓는 놈들인데?

장담하는데 100퍼센트 호구 잡힌다.

"아하, 그러니까 현림 씨 생각은 일단 맛보기로 8화를 준다. 나머지 8화는 그쪽에서 이야기를 더 진행할 의사가 있다면 그때 꺼내겠다. 이렇게 하자는 거군요."

"맞습니다."

연나연은 고개를 끄덕이곤 되물었다.

"……이것도 혹시나 해서 묻는데. 그때까지 나머지 분량 완성지을 수 있는 거죠?"

"혜연이와 함께라면 얼마든지요."

나는 가슴을 두드리며 나만 믿으라는 제스처를 취했다.

연나연은 고개를 이쪽저쪽으로 갸웃거리다 말했다.

"이런 말, 해도 되나 모르겠는데…… 현림 씨랑 얘기하다 보면 나도 모르게 취하는 것 같아요. 뭐든 할 수 있을 것 같은 기분이 든다고 해야 하나."

"소주인가요, 맥주인가요?"

"글쎄요, 하지만 독주인 건 확실하네요. 정신 차리려고 해도 자꾸 휘말려드는 걸 보니."

연나연은 생긋 미소를 짓고 일어섰다.

"슬슬 오디션 공지를 올려야겠네요. 업무추가라…… 이러면 내일도 출근해야겠는걸요?"

"참 대단한 것 같아요, 연 실장님은."

"후후, 누가 누구한테 할 소리인지 모르겠네요. 그럼 저는 가 볼게요."

그렇게 자리에서 일어나려는 연나연.

그때였다.

똑똑-

간단한 노크 소리와 함께, 이번엔 성시우가 들어왔다.

뭐냐, 로테이션 돌리냐?

* * *

주말에도 나온 성시우. 뒤에는 캐리어가 보였다.

노경운 감독과 인연을 끝내고 짐을 전부 챙겨 왔다고 했다.

"예전에 정리한다고 하지 않았나요?"

"이래 봬도 하도 붙잡는 거 간신히 뿌리친 거랍니다. 평소엔 막 대해 놓고선 간다고 하니까 못 보낸다. 너 이렇게 떠나면 이 바닥에 어떤 소문 나는지 알고 나가는 거냐 하면서 어찌나 붙잡는지."

어떤 소문이 나긴, 성 추문 감독 진작 손절한 똑똑한 친구로 소문나겠지.

"어쨌든 축하드려요."

가져온 짐들을 정리했는데, 대부분 연출과 시네마토그래피, 미장센에 대한 책들이었다.

그것도 영어 원서.

"이걸…… 그냥 읽는다고요?"

"하핫, 아직 한국엔 번역 안 된 책들이 많아서요."

갑자기 성시우의 등 뒤에 휘광이 비치는 것 같았다.

하긴, 생각해 보면 미국 뉴욕 필름 아카데미에서 연출 공부한 친구다.

원서 못 읽는다는 것도 이상하긴 했다.

……휘광이 희미해지는 것 같기도.

짐을 다 정리한 후, 성시우는 내 책상에 놓여 있는 대본을 보곤 눈을 빛냈다.

"대본인가요? 혹시 제 거라고 감히 상상해 봐도 되겠죠?"

"당연하죠."

새삼스럽게 물어보는 느낌이었다.

내 대본은 앞으로도 당신이 연출을 맡게 될 텐데.

다른 사람은 상상도 해 본 적 없다.

"흠흠, 그럼 염치불구하고."

내가 고개를 끄덕이자 성시우는 싱글벙글하면서 대본을 펼쳤다.

잠시 후.

내 대본을 본 성시우도 연나연하고 비슷한 반응을 보였다.

아니 더 흥분한 표정이었다.

"와! 섬에서 촬영! 재밌겠는데요? 그리고 해변에서 캠프 파이어!!"

……잿밥에 관심이 있었군.

물론 그렇다고 성시우가 대충 본 것은 아니었다.

오히려.

"쓰읍…… 이런 말 드려도 될까 모르겠는데, 한 명이 좀 애매한데요?"

성시우는 작중 일본인 캐릭터가 살짝 붕 떠 있는 걸 짚어냈다.

연나연도 못 보던 걸 알아챘다.

"남잔가요, 아니면 여잔가요? 어차피 어느 정도는 일본어로 바꾼다고 하지만…… 캐릭터가 너무 중성적인데."

"날카로운데요, 감독님?"

"의도하신 건가요?"

"아직 누가 캐스팅될지 모르니 그렇게 놔두었습니다."

"흐음……."

"감독님이 미쓰이 쪽 캐스팅하면 맞춰서 고칠 예정이에요."

나는 대놓고 성시우를 향해 턱짓했다.

성시우는 잠시 생각하더니 말했다.

"보통은 작가가 캐릭터를 만드는 게 먼저고 그 캐릭터에 가장 맞는 사람을 감독이 캐스팅하는 법인데 순서가 바뀌었군요. 감독이 캐스팅을 먼저하고 작가가 그에 맞춰서 다시 쓴다니."

나는 고개를 으쓱했다.

이게 전부 미쓰이의 모호한 태도 때문이다.

저쪽에서 한 명 무조건 캐스팅 조건을 붙인 이상 어쩔 수 없다.

그런데 프로필 북에 남자 여자 다 있네?

작가 입장으로선 남자 여자 둘의 교집합을 끄집어낼 수밖에.

참으로 경우 없는 짓이지만 30퍼센트를 위해서라면 감내해야겠지.

이 문제에 대한 해결점은 하나. 성시우가 빨리 픽하는 것뿐.

"그러고 보니 감독님, 미쓰이에서 보내 온 프로필 북은 받아 보셨죠?"

"네, 연 실장님이 줬고, 미쓰이에서 찍은 배우들 연기 영상 샘플들도 받아 봤고요."

역시, 아깐 알면서 물어봤군.

"오, 다 보셨나요? 마음에 드는 사람은 있었고요?"

내 질문에 성시우는 해맑게 웃었다.

벌써 픽했나?

"아뇨, 한 명도 없었어요."

……너무 환하게 웃는데?

* * *

영화에서 캐스팅은 감독의 고유 권한이다.

웹 드라마에선 좀 다르다고 하지만 나는 성시우를 그렇게 대할 생각이 없었다. 영화감독처럼 생각할 것이다.

그게 미래를 봤을 때, 그리고 성시우의 포텐을 고려했을 때 더 도움이 되기도 하고.

[천불천승의 섬]에도 마찬가지. 나는 성시우의 배우 보는 눈을 존중할 생각이었다.

하지만.

"그래도 한 명은 고르는 게 낫지 않을까요?"

"영상 몇 번씩 돌려 봤어요, 하하. 그런데 아무리 봐도 느낌이 안 오는 걸 어떻게 합니까?"

"그 정도인가요?"
"그래서 고민이에요. 저도 투자사 귀한 줄 알지만……."
성시우가 말끝을 흐렸다.
"이것들이……."

미쓰이 이 자식들 유망주가 아니라 무망주만 보냈나?
아냐, 생각해 보자, 강림아. 침착하게 생각해 보자.
미쓰이가 아무리 막 나간다고 해도 자기네 배우들 폐급만 골라 선보였을 리는 없다. 그렇게까지 해서 얻을 이득이 없기 때문이다.
'우리 대일본제국이야말로 글로우벌 웹 드라마를 선도해야 하는데 감히 저 조선 놈들이 앞서 가다니…… 가랏! 작전명 혼노지!' 이런 계획이 아니고서야 말이다.
진짜 그런 놈들이라면 극우의 미움을 샀을까? 손에 손잡고 하하 호호 웃고 있겠지.
그럼 뭘까?
우리와 미쓰이 사이에 놓치고 있는 게 뭘까.
성시우는 생각에 잠긴 내가 걱정되는지, 주저하면서 큰일 날 소릴 했다.
"역시, 느낌 없어도 그냥 뽑을까요?"
"아뇨. 어설프게 타협하지 마세요. 감독님 감이 아니라고 하면 아닌 겁니다."
지금은 성시우가 쑥쑥 자라나야 할 때다. 다른 건 몰라도 배우 캐스팅을 타협한다? 그것도 투자사 눈치를 보며?

언젠가 그런 날이 올지 모른다. 하지만 벌써 그러는 건 안 될 일이었다.

그래도 되는 건 성시우 감독이 완전히 재능을 개화시키고 난 다음이 될 터.

그런 날이 오게 되면 이번처럼 배우 오디션을 실물이 아닌 영상 보고 캐스팅 고민하는 일은 없을…….

'잠깐.'

나는 번뜩 드는 생각에 급히 물었다.

"감독님, 직접 보는 건 어떨까요?"

"……직접요?"

"네. 메일 속 짧은 영상만으로 모든 걸 알기에는 아무래도 부족할 수 있어요. 직접 봐야만 보이는 것도 있고요."

성시우는 잠깐 망설이다가 입을 열었다.

"그러려면 일본으로 가야 한다는 말이 되는데요?"

"그럼 가야죠."

"……네?"

* * *

인맥이란 중요하다. 새삼스러운 얘기지만 인맥이란 건 매우 중요하다. 왜냐면 사람은 사회를 이루는 동물이기 때문이다.

 인맥 하나로 안 될 일도 이루어지고 될 일도 개판 된다.

 부정적으로 볼일만도 아니다. 어디까지나 어떻게 활용하느냐에 달린 문제니까. 돈과 같은 거다.

 좋게 사용하면 시간과 노력을 크게 단축해 준다.

 좋게 사용한다면 말이지.

 -……그래서 전화한 거냐?

 핸드폰 너머로 서신산의 목소리가 들려왔다.

 "하핫, 겸사겸사 선배님 안부도 물을 겸 해서입니다. 그간 격조했습니다."

 -입에 침이라도 발라라, 이놈아. 네가 이렇게 전화했다는 건 뭐 해달라는 거겠지?

 아니, 그렇게 심한 말씀을?

 미사여구를 싫어하는 서신산다운 말이었다.

 "하하, 못 당하겠네요. 다름이 아니라 혹시 빠른 시일 안에 일본 가실 일이 있으실까 해서."

 서신산이 잠시 침묵했다.

 -현림아, 나도 바쁜 몸이다. 넌 교수란 직함이 그냥 놀고 먹는 건 줄 알지? 적어도 한 달 전에는 미리 얘기를 해야 나도 시간을 내고 그러는 거지. 갑자기 전화해서 막 무가내로…….

 너무 잘 알고 있다. 그래서 준비한 비장의 무기가 있었다.

"콜록…… 콜록."

―응? 웬 기침이야, 감기 걸렸냐?

서신산이 걱정스러운 어조로 물었다.

"콜록…… 마음의 짐…… 콜록…… 선생님이 일전에 말씀…… 콜록 하신 마음의 짐…… 콜록콜록 우웨에엑."

―……이 자식이.

핸드폰 너머로 서신산의 한숨 쉬는 소리가 들렸다.

먹혔으려나?

―일단 만나서 얘기하자.

브라보.

* * *

3월 마지막 주 월요일.

서신산이 교수로 재직 중인 곳은 왕십리 근처 강희대학교. 그래서 왕십리역 근처에 있는 와플 카페로 약속을 잡았다.

오후 6시가 되자 수업을 마친 대학생들이 왕십리역으로 모여들었다.

잠시 후 서신산이 와플 카페 문을 열고 들어왔다.

"뭘 그런 눈으로 보냐?"

서신산은 개량 한복을 입고 있었다.

내 기억으로는 최근 생일 파티 때도 저런 옷을 입고 있었는데.

"너도 늙어 봐라. 쫙 달라붙는 옷보다 편한 옷을 찾게 될 거다."

"에이, 선배님. 선배님이 뭐 늙었나요? 아직 청춘이시구만."

"이마에 주름살 안 보이냐?"

"조명 탓이겠죠."

서신산은 어이없다는 듯 침묵을 지키다 헛웃음을 흘렸다.

"정말이지 살면서 너 같이 능글맞은 놈은 처음 봤다."

"저도 선배님같이 동안은 처음 봐요."

"……됐다 그만하자."

질렸다는 듯 손을 내젓는다.

마침 타이밍 좋게 와플이 나왔고, 우리 둘은 사이좋게 와플의 맛과 향을 즐겼다.

서신산 역시 방금 강의를 마치느라 배가 고팠는지 연이어 두 개를 먹어치웠다.

노곤한 표정의 서신산은 입을 열었다.

"뭐가 어찌 됐든 나는 네 생각에 찬성한다. 감독은 배우를 무조건 직접 만나 봐야 해. 그깟 녹화 영상으로 대체 뭘 보겠다는 건지……."

서신산이 혀를 찼다.

나는 극히 당연하고 지당한 말씀이라는 표정을 지으며

고개를 끄덕였다.

"녹화 영상은 날고 기어 봤자 박제다. 어딜 시체로 날 것을 통찰하려고 들어?"

역시 힘차게 끄덕끄덕.

"하여간 요즘 젊은 감독들은…… 쯔쯔."

"저도 백번천번 공감하는 바입니다. 역시 서신산 선배님의 혜안은 언제나 놀랍기 그지없네요."

와플로 기름칠한 내 혀는 거침없이 돌아갔다.

"……그렇지?"

"아무렴요. 그런 면에서 보자면 요즘 젊은 것들이 아무리 잘난 척한다 한들 선배님의 통찰력을 따라오긴 멀었다고 생각합니다."

다른 테이블로 커피를 전달하는 알바생이 나를 힐끗 보았다. 마치 넌 젊은 것 아니냐는 시선이었다.

"그렇지. 역시 넌 알아줄 줄 알았다. 현림아."

신산은 뭉클한 눈빛으로 날 바라보았다.

지금 와서 드는 생각인데, 서신산은 칭찬에 약한 게 아니라 젊은 사람들의 칭찬에 약한 게 아닌가 싶다.

여기 오기 전에 공략법을 찾으려고 서신산의 인터뷰를 죄다 봤는데, 비슷한 연배의 감독이나 배우들의 칭찬에는 뚱한 모습을 보였거든.

지금 저런 반응을 전혀 안 보였단 말이지.

그렇게 서신산은 한동안 내 혼신을 다한, 그렇다고 너

무 노골적이지 않은 칭찬에 살살 녹아내렸다.

 따갑다. 따가워. 주변 사람들조차 쟤 왜 그래? 하는 눈빛을 보낼 무렵.

 "이야, 내가 가르치는 애들이 다 현림이 같기만 하면 좋을 텐데 말이지."

 서신산이 내 어깨를 토닥이며 찡한 미소를 지었다.

 "후훗, 과찬이십니다."

 "그래, 일본에 같이 가고 싶다고 했지? 미쓰이 때문에 내 도움이 필요하다고?"

 "네!! 꼭 같이 가 주셨으면!! 합니다!!"

 서신산이 작게 한숨을 쉬었다,

 "……사실, 나도 찾아가야겠다 생각은 하고 있었다."

 "미쓰이를요?"

 "그래. 아무리 생각해도 괘씸해서 말이지."

 목소리에 은은한 노기가 느껴졌다.

 하긴, 서신산 정도 되면 스스로에 대한 자부심도 상당할 것이다.

 그런 자신을 미끼로 장난쳤으니 속이 부글부글 끓겠지.

 "그래서, 언제가 좋으냐?"

 "저는 그저 서신산 선배님이 정하시면 따를 뿐입니다. 그래도 가급적 주말이었으면 합니다. 저도 학생이니까요."

 동의하는 듯 고개를 끄덕이는 서신산.

 "그래, 대학생이면 수업도 중요하지. 알았다. 조만간

약속 일정 잡을 테니 주말은 비워 놔라."
 서신산이 참전해 준다면 더할 나위 없지.
 미쓰이쪽에서도 함부로 대하지 못할 테고.
 "그 대신."
 "……?"
 "혹시 내일 수업 있냐?"
 "없긴 합니다만."
 뭐지, 갑자기?

* * *

 버스가 확실히 지하철보다 편한 게 하나 있다.
 바로 의자를 뒤로 젖힐 수 있다는 것.
 물론 지하철도 아예 드러눕는 방법이 있긴 하다만 아무리 그래도 보기 좋은 장면은 아니니까.
 자리에 앉자마자 의자를 한껏 뒤로 젖힌 다음 몸을 뉘이니 좀 살 것 같았다.
 "후……."
 그 양반 도대체 주량이 몇 병이야?
 서신산은 나를 근처 민속주점으로 데려갔다.
 그곳에서 연거푸 술을 들이켜는데, 두 눈으로 보고도 믿기지 않았다.
 물도 그렇게는 못 마시겠다.

-현림아, 너도 마셔야지?

이쪽도 서신산이 도와주겠다고 한 이상 발을 뺄 각이 나오지 않아 같이 마실 수밖에 없었다.

다행히 서신산은 내일 대본 작업이 있다는 내 말을 존중해 주었고 페이스를 늦춰 주었다.

그게 아니었다면 아마 화요일 아침을 길바닥에서 맞이했겠지.

옛날 사람들 주량이 어마무시하다는 얘기를 들었는데, 이번에 제대로 실감했다.

물론, 의미 없는 술자리는 아니었다.

서신산은 간간이 유용한 얘기를 들려주었다.

-재능도 재능이지만 연습을 많이 해야 한다.

-신인들은 연습을 통해 최대한 많은 데이터를 쌓아야 실전에 써먹을 수 있는 거야.

-연습이다. 현림아. 연습.

돌이켜 보니 연습하라는 말만 했네?

어이가 없어 나도 모르게 몸을 일으키려 했지만, 눈앞이 어질어질해서 다시 등을 기댔다.

'하아.'

창밖으로는 야경이 스쳐 지나갔다.

'그러고 보니 그 말도 했었지.'

-연기란 거 쉽지 않다, 현림아.

-감정 표현 하나도 쉽지 않아. 왜냐하면 본인의 감정

이 아닌, 배역의 감정을 만들어야 하기 때문이지.

-좀 더 딥하게 얘기해 볼까? 웃는 것만 해도 그래. 배역이 어떤 사람인지, 어떤 상황에 처했는지, 어떤 심리 상태인지에 따라서 어떻게 웃는지도 천차만별로 달라지기 마련이거든.

-맞아. 배우는 천의 얼굴을 가져야 한다. 물론 불가능하지. 하지만 가져야 한다. 그런 생각을 항상 품고 있어야 한다.

그가 했던 말이 귓가에 자꾸 맴돌았다.

어쩌면 흔하디흔한 얘기다. 배우라면 누구나 할 만한 얘기인지도 모른다.

그런데 그게 서신산, 오주혁 이상으로 현장에서 잔뼈가 굵은 원로 배우의 얘기라 그런지 자꾸 새롭게 와닿았다.

서신산의 말은 거나하게 취한 사람답게 버벅이고 끊겼지만 메세지만큼은 명확했다.

-한 가지 감정에 표정 하나만 담지 마라. 배우라면 훨씬 많은 표정을 품어야 한다.

'넓은 연기 풀.'

연습에 연습을 거듭해서 데이터를 쌓아야 한다는 것.

'내실 있는 내공.'

배우가 가져야 할 알파이자 오메가.

'어색하군.'

평소 직설적인, 그러니까 듣는 사람 당황하게 만드는

화법만을 구사해 온 서신산.

그런 그가 나를 굳이 붙잡고 연기에 대해 이런 조언을 했다는 사실 자체가 어색했다.

물론 그가 왜 그런 말을 했는지는 안다.

그만큼 나에게 기대를 걸고 있다는 얘기겠지.

산전수전 다 겪은 그 노배우가 나에게 기대를 건다.

'누군가에게 기대받는 삶이라.'

입가에 미소가 지어졌다.

부우웅―

심야 버스가 도로를 달렸다.

운전기사의 솜씨가 좋은지 운전은 부드러웠고 내부는 편안했다. 띄엄띄엄 앉은 승객들은 어느새 꾸벅꾸벅 졸고 있다.

하지만 나는 갈수록 술이 깨고, 정신이 또렷해졌다.

아마 오늘도 밤늦게까지 글을 쓰게 될 것 같았다.

* * *

언제나 그렇듯 비밀은 없다.

그게 회사라면 더더욱 그렇다.

10층 직원 휴게실에서 동료에게 '임금님 귀는 당나귀 귀!' 라고 속삭인 후 창문으로 뛰어내리면, 밑에 있는 사람이 받아 주면서 묻는 말이 있다.

'그 말이 진짜인가요?'
실버스틱도 예외는 아니었다.
어느덧 지망생들 사이에 떠도는 소문이 있었다.

―이카루스의 작가가 글을 쓰기 시작했다는데?
―[죽되놈] 마치고 차기작 준비에 착수했대.
―이번에는 공포 장르 웹 드라마래!

지망생들이 술렁였다. 눈이 한층 더 불타올랐다.

―공포? 그거라면 또 내가 전문이지.
―이번엔 꽤 많이 뽑을 생각인가 봐.
―비명 지르며 울기 가능. 하루 종일도 쌉가능!

저번 작품처럼 망설임은 없었다. 다른 작품에 출연한 경험이 있는 이들 역시 마찬가지.
[죽되놈]의 성공을 목도한 이들은 다음 작품에 자기가 뽑히는 것을 상상하며 무한 연습에 돌입했다.
순식간에 실버스틱 사옥 연습실에 예약이 밀려들었다.
"다들 눈빛 장난 아니더라, 현림아."
사무실에 들어온 성혜연은 이런 사내 분위기를 알려 주었다.
"이번 오디션은 진짜 장난 없을 것 같아. 밀리터리 호러라고 했으니까 남자들은 모조리 지원할 기세던데?"

"이야 참. 걱. 정. 되. 는. 데?"

성시우의 고민이 깊어지는 모습이 눈에 선했다.

시우야, 할 수 있지?

상상 속의 성시우가 힘차게 고개를 끄덕였다.

그래. 열심히 하자.

"영혼이 하나도 없네. 설마 시우 오빠한테 다 떠넘길 생각?"

"떠넘기다니, 오해의 여지가 있잖아. 믿고 맡긴다고 해야 맞지."

"오디션 보러 얼마나 올지 모르는데? 몇십은 미니멈으로 찍을걸?"

오히려 좋아.

이번 오디션을 통해 성시우의 안목이 성장한다면 더할 나위가 없다.

"감독이 되려는 자, 그 무게를 견뎌라…… 이 말 못 들어 봤어? 알아서 잘하시겠지."

"……하여간 말은 잘해요."

그녀는 날 설득하는 걸 포기하곤 자리에 앉아 컴퓨터를 켜고 시나리오 파일을 열었다.

"잘돼 가?"

"처음 며칠은 좀 헤맸는데, 이제 좀 가닥이 잡히는 것 같아. 현림이 넌? 연나연 실장님한테 대본 넘기겠다고 한 게 이번 주 목요일까지였잖아. 이틀 남았는데?"

"충분해."

"충분하다고? 몇 화인데?"

"지금 6화 마지막."

"……."

말이 없어진 성혜연.

그녀의 눈빛엔 불신이 가득했다.

"그 눈빛 뭐야? 속고만 살았어?"

"2화를 이틀 만에 쓴다고? 말이 안 되는 거 알지?"

"이틀 아닌데. 하룬데?"

"……?"

"최소한 하루는 남겨야 퇴고도 하지."

퇴고, 그건 모든 작가의 숙명.

재능과 상관없는 평생의 동반자.

성혜연은 핫. 핫. 헛웃음을 흘리더니 한숨을 쉬었다.

"널 보면 내 상식이 무너지는 것 같아. 누군 지금 1화 중반에서 끙끙대고 있는데."

"그 정도면 충분해. 놀라울 정도야.."

"쳇, 글 쓰는 기계한테 그런 말 듣고 싶지 않은데."

"속도는 느려도 괜찮아. 조급하지 마. 우선은 기본을 다지는 데에만 집중해."

지금의 나를 욕심 내는 건 말 그대로 욕심이다.

몇십 년의 경험이란 그렇게 단번에 압축할 수 있는 것

이 아니니까.

심정은 이해하지만 조급함은 결국 글을 망치게 되는 법이다.

"글도 근육이란 게 있어. 쓰다 보면 근육이 붙어서 글 쓰는 속도도 빨라지게 돼."

"특이하네. 그걸 근육이라고 표현하는 건 처음 봤어."

"지금은 근육의 형태를 잡는 거다, 기초 체력을 잡는 거라고 생각해. 펌핑은 그다음이야."

성혜연은 내 말이 그럴듯하다고 생각했는지 작게 고개를 끄덕였다.

"알았어. 하나만 물어봐도 돼?"

"뭔데?"

"지금…… 나 잘하고 있는 거 맞지?"

나는 대답 대신 엄지를 들어 올렸다.

진심이었다. 정말로 내 기대보다 더 잘해 주고 있었으니까.

그녀는 옅게 미소 지으며 모니터로 시선을 돌렸다.

'자 그럼.'

* * *

초집중 상태의 성혜연을 배려하기 위해 나는 카페를 찾았다.

[레카프]의 문을 열고 들어오자 예의 그 진한 커피 향이 내 코를 휘감았다.

연나연과 미쓰이 협상을 얘기하려다가 찾은 이곳은 커피의 향과 맛 모두 내 기호에 딱 들어맞았다.

새삼 그녀한테 감사한 기분이다.

커피와 베이글을 시켜 테이블 앞에 갖다 놓으니 새로운 의욕이 샘솟았다.

'자, 이제 이 기분을 몰아 집필에 들어가 볼까?'

연나연하고 성혜연에게 큰소리치긴 했지만, 이쪽도 마냥 안심할 순 없다.

최소한 오늘 6화 마무리 짓고 7화 초반은 써 놔야지 기한을 지킬 수 있었다.

"시작하자."

이내, [천불천승의 섬] 6화 제목이 노트북 모니터에 떠올랐다.

—

윤선우가 주변을 둘러본다.

자신과 파견 소대원들이 머물던 베이스캠프는 완전히 박살 났다.

좀 떨어진 곳에선 요괴들의 습격으로 다친 병사들이 응급처치를 받고 있다.

오진철: 구조 요청을 보냈습니다. 폭풍이 워낙 심해서 당장은 힘들고 날씨가 잠잠해지면 바로 보내겠다고 연락이 왔습니다.

통신병의 보고를 들은 윤선우의 표정이 좋지 않다.
엉망이 된 베이스캠프 모습. 그 너머 섬의 쌍봉우리 산 능선 중앙에 낡은 절이 보인다.
처음 봤을 때도 좋은 느낌은 아니었지만, 피를 본 지금은 유난히 을씨년스럽다.
고민에 잠긴 윤선우의 표정. 저곳에 가는 게 맞을까.

윤선우: 모두 짐 챙겨라. 해가 지기 전에 저 절로 이동한다.

사병들은 전투의 여파로 기진맥진. 불평이 튀어나왔지만 지난 밤 일어났던 끔찍한 악몽의 후유증이 큰지 비교적 빠르게 일어섰다.
다들 사방에서 덮쳐오던 인외의 존재들을 떠올렸는지 진저리를 쳤다.
다들 주섬주섬 짐을 챙기는 가운데, 김태학 중사가 윤선우에게 다가왔다.

김태학: 해안가 쪽으로 물러나야 합니다. 섬 안쪽으로

들어가는 건 너무 위험합니다.

윤선우가 건조한 눈으로 김태학 중사를 바라본다. 그의 눈에 반항의 기미는 보이지 않았다.

윤선우: 지금 3명이 다쳤습니다. 베이스캠프도 놈들을 막지 못했는데 사방이 노출된 해안가로 가란 말입니까?
김태학: 그렇다고 놈들이 우글거리는 안쪽으로 들어간다는 건…….
윤선우: (김태학에게 시선을 돌리며) 번복은 없습니다. 중사님.
김태학: (불만 어린 표정을 잠시 짓고) ……네. 알겠습니다.
—

여기까지 적은 후 다시 위에서부터 찬찬히 훑어보았다.
내가 연기할 윤선우의 감정선을 상상해 보았다.
김태학의 제안을 듣고 윤선우의 표정은 한껏 굳어진다.
왜냐면, 그 역시 절로 가는 게 맞는 선택인지에 대한 확신이 없기 때문이다.
하지만 그로서는 은,엄폐할 곳이 전혀 없는 해안가로

가는 게 더 위험해 보였다.

'거기에 3명이 다쳤는데 빈손으로 털레털레 돌아간다면 인사 평가에 어떤 영향을 끼칠지는 안 봐도 뻔하니까.'

절대 여기서 멈출 순 없다. 이걸 가정하면 표정이 굳어져야 하는 게 정상이다.

그렇다고 저런 생각만으로 부대원들을 절로 이끈 건 아니었다.

과거, 윤선우의 어머니가 했던 말이 있기 때문이다.

-엄마 아는 보살님이 너 그 섬 가면 흉살이 뻗친다더라.

당시에는 그저 과한 걱정이라고 물리쳤지만, 지금 이 상황에 부닥치고 보니 흘려 들을 수 없는 말이었다.

인간이라 볼 수 없는 요괴들이 날뛰는 섬. 그렇다면 절에 들어가는 게 무언가 도움이 될 수 있지 않을까? 하는 마음이 은근히 들게 되는것이다.

'이걸 부대원들한테 말할 순 없는 노릇이지.'

살아서 돌아가면 분명 부대원들에게 강도 높은 조사가 떨어질 텐데.

-소대장님이 절에 들어가면 요괴들이 좀 주춤하지 않

을까 말씀하셨습니다.

즉, 소대장이 미신을 믿는대요! 이런 말이 나돌기라도 하면 인사 평가는 참으로 암담해지겠지.

'이게 승진에 집착하는 윤선우가 내릴 수 있는 심리지.'

6화는 이렇게 마무리 지었다.

'슬슬 7화 초반 진행해 볼까?'

그때였다.

"응? 안녕하세요, 현림 씨. 여기서 보네요."

연나연이 [레카프]에 들어오더니 나를 발견하곤 아는 척을 했다.

"하하, 저번에 실장님하고 왔을 때 여기가 너무 마음에 들어서 글빨 올릴 겸 다시 오게 됐네요."

"후후…… 그렇죠? 괜찮죠?"

"연 실장님도 커피 사러 오셨어요?"

"말했잖아요. 저 여기 자주 온다고. 커피 마시러 왔죠."

"사무실은요? 비워 두고?"

연나연은 자기 옆구리를 가리켰다. 태블릿과 미니 키보드가 들려 있었다.

"물론, 다 준비를 하고 왔죠."

그러면서 내 앞 대각선 방향에 태연히 앉는 그녀.

"대박 작가님 앞에서 작업을 하려니까 좀 긴장되는데요?"

연나연의 능청스러운 호들갑에 나는 어깨를 으쓱했다.
"무슨 작업인가요?"
"거절 메일 작성 중이에요."
"거절 메일?"
연나연이 내게 윙크했다.
"그야 현림 씨한테 꼬리치는 기획사들에 보내는 거절 메일."
"꼬리?"
나한테?
"어디서 소문이 샜는지 몰라도 현림 씨 다음 작품에 오디션 봐도 되겠냐는 연락이 쏟아져서요."
"아하."
"대부분은 밑에 애들이 거절 메일 보내면 그걸로 끝나지만 이번엔 좀 질척거리는 기획사들이 있어서요. 제가 직접 오디션 기회는 실버스틱 소속한테 일차적으로 부여할 생각입니다. 하고 메일 보내려고요."
연나연이 말을 덧붙였다.
"지들도 우리였어 봐. 다른 기획사 애들한테 기회 안 줄 거면서 왜 이렇게 질척거리는지."
"그런 건 연 실장님만 믿겠습니다."
"걱정하지 마세요. 이카루스가 누구 소속인데…… 대본 작업은 잘돼 가죠? 이제 이틀 남았는데."
살짝 내 기색을 살피는 연나연. 나는 믿으라는 듯 고개를 끄덕였다.

"예정대로요."

"알겠어요. 그럼 방해하지 않을 테니까 편히 쓰세요."

그럼 분부대로.

우리는 서로를 사선에 두고 말없이 키보드만 두드렸다.

종종 시선이 마주칠 때면 서로 피식 웃으면서 시시콜콜한 얘기를 잠시 나누기도 했다.

풍부한 커피의 향과 맛, 편안한 의자와 적당한 습도 그리고 가끔씩 이런 잡담을 통한 리프레쉬와 겹쳐서 대본 작업 속도는 굉장히 빨라졌고, 우리가 온 지 두 시간 정도 지나자 나는 7화를 초반부만 아니라 끝까지 완성지을 수 있었다.

* * *

용산구에 자리 잡은 고급 오피스텔.

215호 팻말에는 [YJ 시네마 연구소]라고 쓰여 있다.

안으로 들어가니 내부는 꽤 넓었고, 넓은 원목 테이블과 중후한 느낌을 주는 가죽 의자에 앉은 탁윤재 감독이 보였다.

그 앞에는 중년의 남자가 탁윤재의 의자보다는 좀 가벼

워 보이는 의자에 앉아 탁윤재를 바라보고 있었다.

탁윤재는 앞에 앉은 남자가 준 대본을 보고 있었다.

"[신들이 계시는 어스름 절터]……?"

영웅호걸 필름에서 나온 남자가 고개를 끄덕였다. 빈 머리를 가리려고 한껏 눕힌 옆머리가 위태롭게 살랑거렸다.

"지금 웨이팅 중인 대본 가운데 가장 **빠르게** 계약할 수 있는 걸 가져왔지. 작가도 웹 드라마로 만드는 데 동의했고."

탁윤재는 고개를 끄덕였다.

"괜찮은데요."

그의 시선은 대본의 글자 대신 표지 구석에 클립으로 꽂아 놓은 작가 얼굴에 머물렀다.

'예쁘다.'

사실 대본은 눈에 크게 들어오지 않았다.

대학생들이 여름 방학을 맞이해 잘 알려지지 않은 계곡으로 놀러 가고, 그곳에서 담력 시험을 했다가 그곳에 머무는 흉한 것들을 건드려 횡액에 휩쓸리게 된다는 내용이었다.

대체적으로 무난한 내용. 하지만 이목을 끄는 게 있었다.

바로 작가의 얼굴이 굉장히 탁윤재 감독의 취향이라는 것이었다.

"……크흠!"

영웅호걸에서 나온 남자가 헛기침하자 탁윤재 감독이

정신을 차렸다.

"이걸로 하지."

"그래? 괜찮겠어?"

남자가 영 못미덥다는 듯 물었다. 하지만 탁윤재는 의자에 기대 팔베개를 한 후 느긋하게 말했다.

"그깟 웹 드라마 따위 여유지."

"솔직히 말하자면 아직도 왜 자네 정도 되는 감독이 웹 드라마에 관심을 가지는지 모르지만."

"허헛, 너무 심각해지지 마. 왜? 잘됐잖아. 이번 기회에 실력이 있어도 알려지지 않은 배우들 만날 수도 있고 하면 영웅호걸 필름에도 손해는 아니잖아."

탁윤재 감독은 웃음을 감추지 않았다.

2장

2장

 실버스틱의 연습장은 평소와 다른 모습이었다.
 보통 같으면 사람들이 신발장에 신발을 넣고 왔다 갔다 했을 출입구에 사람들이 옹기종기 모여 있었다.
 몇몇은 연습실 안쪽을 살폈고 몇몇은 불만에 찬 욕설을 내뱉었다.
 "하…… 연습하러 왔는데 이게 뭐냐?"
 "이게 말이 돼? 특별 대관? 주말도 아닌 평일 아침에?"
 "지가 선배면 다야? 하여간!"
 그런 그들도 결국 하나둘 호기심에 이끌려 연습실 안쪽을 살펴보았다.
 연습실에는 오주혁과 유현림이 연기 연습하는 모습이 보였다.

더 정확히 말하자면, 오주혁은 손에 든 대본을 읽으면서 때때로 유현림에게 뭔가를 지시했고, 그럴 때마다 유현림은 고개를 끄덕이며 새로운 자세와 새로운 표정을 만들어 내며 대사를 읊었다.

지망생들의 마음에 호기심이 피어올랐다.

안에서 하는 말은 들리지 않지만, 오주혁과 유현림, 특히 유현림이 펼치는 연기가 궁금해진 것이다.

'진짜 연기를 잘할까?'

보다는…….

'어디 얼마큼 하는지 보기나 하자.'라는 마음이 더 강했지만.

그런 심술궂은 시선들이 유현림에게 꽂혔다.

상황은 자연스레 유현림이 배우들을 관객 삼아 연기를 선보이는 방향으로 펼쳐졌다.

잠시 후.

'군인.'

모두가 그렇게 생각했다. 지금 유현림이 연기하고 있는 것은 군인이라고.

'행동에 각이 딱딱 잡혀 있어. 그런데 움츠린 표정이 아냐. 병사는 아니고, 간부인가? 초임 간부?'

'말하는 표정이나 제스처를 봤을 때 여유로운 성격은 아니고 굉장히…… 꼴통 FM처럼 보이네.'

지망생이라고 하지만 그들 역시 연기를 공부하고 연습

해 왔던 이들이다. 지금 유현림이 뭘 표현하고 있는지, 대본이나 영상 없이도 캐치해 냈다.

유현림이 굳은 표정으로 주변을 살폈다.

'낯선 환경에 와 있나? 굉장히 경계하는 표정으로 주변을 둘러보네.'

유현림이 담배를 피우는 시늉을 하며 미소 가득, 눈앞에 있는 가상의 상대를 향해 말을 건넸다.

'친구하고 흡연장에서 대화하나?'

'……아냐, 느려. 말하는 속도가 느리고, 표정엔 친근감보단 애잔하다는 느낌이 더 진해. 자기보다 계급이 낮은 사람하고 대화 중임이 분명해.'

유현림이 열중쉬어 자세를 한 채 시선을 살짝 아래로 내렸다. 종종 대답을 하는지 입이 짧게 열렸다 닫힌다.

'저건 갈굼이다. 갈굼 받고 있네.'

지망생들은 출입문의 유리창을 스크린 삼아 유현림이란 등장인물이 펼치는 연기를 추측하며 빠져들었다.

그리고 동시에 의문을 떠올렸다.

'어째서?'

어떻게 자신들이 유현림이 무슨 연기를 하는지 파악할 수 있는 거지?

그것도 문 너머로?

깨달음은 비교적 빠르게 찾아왔고, 동시에 그들은 벽을 느껴야 했다.

* * *

　오주혁이 잠깐 쉬자는 뜻으로 손뼉을 쳤다.
　"이야~ 현림이. 아주 좋아!"
　다가와서 내 등을 두드리는 그의 표정에 미소가 가득했다.
　"어휴, 땀 좀 봐."
　"선배님이 몸풀기 빡세게 시켜서 그래요."
　"그게 기본이란다. 연기란 결국 대사, 표정, 몸짓이 하나가 되어 어우러져 드러나는 건데 몸이 굳어 있고 그러면 되겠냐?"
　당연히 안 될 말이다.
　몸을 움직여야 얼굴 근육과 몸 근육이 풀어져 좀 더 유연하게 움직이는 게 가능하고, 몸에 열이 돌아야 목소리도 좀 더 생기있게 바뀌게 되니까.
　하지만.
　"줄넘기에, 팔 벌려 뛰기. 팔굽혀 펴기를 몸풀기라고 하는 건 무리가 있지 않을까요?"
　"응? 하하 그랬나? 힘들면 말을 하지 그랬어."
　나는 대답 대신 오주혁을 흘겨 봤다.
　까마득한 선배가 시키는 데 '아 힘들어요! 그만하죠?' 이런 말을 하겠는가.

머쓱해진 오주혁이 헛웃음을 흘렸다.

"하하, 그래도 빡세게 한 덕분에 표현력이 월등해졌어. 원래도 좋았는데 계속 좋아지는 느낌이야."

"말로만요?"

"아닌데? 진짜 그 정도야. 가령 여기 [천불천승의 섬] 8화에 보면 주인공이 동굴에 널려 있는 불상과 부적을 둘러보잖아? 너 그거 연기하는데 이야~ 내가 생각한 주인공의 표정을 그대로 내보였다니까?"

"……그거 하나만으로 판단하긴 이르지 않을까요?"

"응? 그럼 하나 더 예를 들어 줄게. 여기, 주인공이 불안해하는 소대원들을 흡연장에서 같이 담배 피우면서 위로하는 거. 그것도 이야~내가 소대원이었으면 반할 정도로 스윗했다니까?"

다부진 표정으로 주먹을 불끈 쥐는 오주혁.

"진짜로."

진심인 듯했다.

사실 오주혁이 저렇게 치켜세워 주지 않아도 나 스스로 느끼고 있었다. 최근에 물이 올랐다는걸.

표정과 대사는 물론, 몰입도도 예전과 비교가 힘들 정도다.

오주혁이 내 양어깨를 두드렸다.

"이대로만 계속 가자. 현림아. 진짜 잘하고 있어."

"이게 다 선배님 덕분이죠. 앞으로도 잘 부탁드리겠습

니다."

 중년의 남자의 눈가에 물기가 맺혔다.

 "늦둥이가 가장 효도한다더니…… 내가 이카루스에서 늦둥이를 하나 보는구나."

 "그런데, 선배님. 이래도 돼요?"

 나는 벽에 기대 앉아 옆에 둔 이온 음료를 마시며 물었다.

 "뭐 말이냐."

 "연습실 대관이요."

 오주혁이 의아한 표정으로 되물었다.

 "안 될 거 뭐 있냐?"

 "선배님도 아시겠지만, 사람들의 입만큼 가벼운 게 또 없잖아요. 자칫 잘못하면 편애한다는 오해를 살 수도 있어요."

 이미 연 실장 픽인 정우람을 제치고 날 [죽되놈]의 주인공으로 뽑은 그다.

 이번에 또 날 위해 대관했다는 것을 알게 되면 불필요한 헛소문만 돌 텐데.

 그러자 오주혁은 어깨를 펴고 당당하게 말했다.

 "편애 맞는데?"

 "……."

 "뭐 어때? 내가 아끼는 애 내가 좀 더 챙기겠다는데 그게 그리 이상해? 이상하다는 놈들은 모든 사람을 공평하게 대하나 보지? 그런 거 신경 쓸 필요 없다. 남의 시선에 너무 신경 쓰면 피곤해진다고."

누가 들으면 나는 너무 신경 쓰고 다니는 줄 알겠다.

그래도 뭐, 오주혁 정도 되는 사람이 나를 편애한다고 당당히 말해 주는 건 솔직히 감사할 따름이다.

저 말이 으레 하는 빈말이 아닌 게, 오주혁은 오후에 제주도 스케줄이 있어 세 시간 뒤인 9시에 공항으로 출발할 예정이라고 한다.

그러면 집에서 좀 더 쉬고 싶을 텐데도 이렇게 짬을 내서 봐준다는 것 자체가 고맙기 그지없다.

"게다가……."

"……?"

오주혁의 시선을 따라가 보니 출입구 유리창 너머로 이쪽을 뚫어져라 바라보던 지망생들이 황급히 고개를 숙이는 게 보였다.

꼭 나쁜 짓 하다 걸리기라도 한 것처럼.

"이미 오해는 잔뜩 산 것 같은데?"

"……."

* * *

3월 마지막 주 목요일 밤.

연나연은 평소와 다를 바 없는 야근과 헬스를 끝내고

오피스텔로 돌아왔다.

"으으……."

가방을 침대 앞에 고이 놓은 후, 기지개를 있는 힘껏 한 뒤, 침대에 뛰어들었다.

풀썩-

출렁.

가만히 침대의 출렁거림을 음미하는 연나연.

"하~이게 행복이지."

목소리에 즐거움이 잔뜩 묻어 나왔다.

한동안 침대에 누워 있던 연나연은 비틀거리며 일어나 편한 옷으로 갈아입고 태블릿을 켰다. 그리고 짧은 시간 동안 냉장고에서 얼음을 동동 띄운 물컵을 가져왔다.

잠시 후 [천불천승의 섬]이 태블릿 화면을 메웠다.

"끄응…… 진짜 다 썼을 줄은."

솔직히 반반이라 생각했는데.

여태껏 유현림이 말도 안 되는 모습을 보여 준 건 맞지만 진짜 시간 안에 맞출 줄은 몰랐다.

대단한 실력을 가진 작가란 걸 감안해도 이번 주 안으로는 힘들 거라고 봤는데.

'아무리 생각해도 이상해. 납득이 안 가는 속도야.'

잠시 생각하던 연나연이 중얼거렸다.

"성혜연 덕분인가."

그렇게 생각하면 불가능하진 않다.

의문이 완전히 해결된 것은 아니지만 스스로 설득하며 연나연은 대본을 펼쳐 들었다.

지금 분량은 사무실에서 읽은 내용 이후의 전개였다.

-

지난밤 전투에서 간신히 살아남은 부대원들을 이끌고 섬의 낡은 절로 이동하는 윤선우.

중간에 있는 숲을 지나치는데, 펼쳐지는 모습이 가관이다.

오진철: 중사님…….

평소에 깝죽대던 오진철 병장이 사색이 된 채 김태학 중사의 옷을 붙잡는다.

사병이 등 뒤에서 군 간부의 옷을 붙잡는다? 감히?

불호령이 떨어질 상황이건만 김태학 중사는 그러지 않았다.

그 역시 오진철의 표정과 그닥 다르지 않았기 때문이다.

숲 곳곳에 가득한 불상과 장승들 그리고 그것들 사이로 군데군데, 마치 데코레이션처럼 나뭇가지에 매달려 있는 사람의 시체들.

복장은 다양했다. 과거 일본군 옷을 입은 시체부터 북한군, 국군까지.

사병들 사이로 동요가 퍼져 나갔고, 윤선우 역시 질린

표정을 지었지만 정신을 차리고 입술을 깨문다.

윤선우: 다들 정신 바짝 차려. 뭔가 수상한 것이 나타나도 바로 갈기지 말고 보고부터 하도록.
김태학: 소대장님 말씀하시는 거 안 들리냐? 구경 처하고 자빠져 있지 말고 다들 똑바로 하라 새끼들아!

두 간부의 말에 간신히 평정을 되찾는 사병들, 다시 전진한다.
그 와중에 윤선우와 김태학의 눈에는 파괴된 불상과 훼손된 장승들이 보인다.
-

"흠."
한동안 읽던 연나연은 목이 마른 듯 냉장고에서 얼음물을 꺼내 컵에 따라 마셨다.
'역시 퀄리티는 좋아.'
후반부 내용은 윤선우와 소대원들이 무사히 낡은 절에 도착해 짐을 풀고 경계 포인트를 잡아 임시 초소를 세우는 과정이었다.

요괴들의 습격은 없었지만, 이미 부상자가 생긴 데가 불쾌한 절의 불결한 내부는 안 그래도 가뜩이나 민감해진 생존자들의 신경을 긁어 댄다.

급기야 몇몇은 짐을 정리하는 과정에 드잡이하기도 했다.

가장 먼저 평소 한없이 가벼운 모습만 보이는 오진철 병장과 평소 그런 그를 못마땅하게 생각했던 FM 엘리트 서한얼 병장이 임시 초소를 세우는 과정에서 주먹질 직전까지 갔고.

법대생으로 평소 깐깐하고 얄밉게 구는 곱상한 김영석 병장하고 농부 집안 출신으로 여자에게 인기가 없어 모든 면에서 대척점인 김영석에게 열등감을 느끼는 최상식 상병이 신경전을 펼친다.

다들 베이스캠프에서 목숨 걸고 싸우느라 신경이 곤두선 탓이다.

간부들이라고 하하호호 담소와 덕담을 나누진 않는다.

김태학: 애들 지금 다 신경이 곤두선 상태입니다. 조금이라도 쉴 시간을 줘야 합니다.

윤선우: 나도 눈이 있습니다. 하지만 주변 정찰을 하고 나서입니다. 우리가 쉴 곳 주변이 어떤지 정도는 알아야 하니까요.

김태학: (윤선우가 답답하다는 표정) 그럼 제가 다녀오겠습니다.

윤선우: 혼자서요? 제가 그걸 허락할 거라고 보십니까?

고지식한 윤선우와 병부터 군 생활을 해 온 김태학 사

이에도 미묘한 앙금이 쌓이기 시작한다.

이러한 갈등 과정이 참 있음직한 내용이라 다음 화 내용이 자연스레 기대되었다.

연나연은 얼음물을 마저 비운 후, 태블릿을 들었다. 잘 시간이지만, 다음 화가 신경 쓰여 도저히 잠이 안 왔다.

'이번에는 꼭 지각하지 말아야지.'

[죽되남] 원고를 보다가 평생의 실수를 저질렀던 연나연. 그녀는 이번엔 그런 일은 없을 거라 다짐하며 8화를 읽기 시작했다.

* * *

서신산에게 연락이 온 건 연나연에게 대본을 제출한 다음 날이었다.

-이번 주 토요일부터 일요일, 시간 되나?

"……갑자기요?"

연락을 받은 내가 맨 처음 보인 반응은 당황스러움, 그 자체였다.

물론 빨리 갔으면 좋겠다고 생각은 했다.

영화든 드라마든 스케줄이 미뤄지는 법은 있어도 앞당겨지는 법은 없으니까.

"그래도 그렇지, 이번 주 토요일이면 내일인데요……?"

나나 성시우가 여권이 없었다면 어쩌려고 이렇게 스케줄을 잡았는지 모르겠다.

……물론 성시우는 미국에서 왔으니 없을 리가 없다지만.

-미쓰이도 이번 주말이 가장 좋다고 하던데. 해당 배우들 일정 다 빈다고. 정 안 되면 다음 주로 미뤄도 되긴 하는데 그때는 또 배우들 일정이 꽉 찬다고 하더군.

그야말로 외통수였다.

때문에 나는 황급히 덕환이에게 연락해야 했다.

-대출?

"너밖에 없다, 친구야."

비행기 티켓도 구해야 하고, 숙박업소 예약도 해야 한다.

기간이 하루밖에 안 남은 이 상황에서 수업까지 해결하긴 무리다.

-뭐 그거야 문제될 건 없지.

뭐라도 요구해 올 줄 알았던 오덕환은 의외로 흔쾌히 승낙했다.

"이 은혜 잊지 않겠다. 브로."

-나라면 그렇게 호들갑 떠느니 대충 영상 보고 고를 텐데. 고작해야 일본 배우 한 명이잖아.

그는 이해가 되지 않는 듯 얘기했다.

이쪽이야말로 그렇게 할 수 있다면 그렇게 하고 싶다.

나나 성시우가 괜히 주말을 통째로 출장에 투자하는 게

아니다.

제작비의 30퍼센트를 대 주는 회사의 배우다.

그랜절 박아도 모자랄 판국에 대사 한 마디, 카메라 한 컷 잡히지 않는 역할을 줄 수는 없지 않은가.

그러니 제대로 된 역을 줘줘야 하는데, 거기에 폐급 배우가 들어간다면?

연기력 이슈가 터질 테고, 작품에 적지 않은 타격을 입히겠지.

절대 대충 넘어갈 순 없는 문제였다.

물론 시시콜콜 얘기하긴 애매한 상황인지라, 이번 대답은 대충 넘어가기로 했다.

"감독 생각이야. 내가 뭐 어쩌겠냐."

-하긴, 감독들이 다 그런 데 고집이 있긴 하지.

"여튼 부탁해."

-걱정 말고 일 편히 봐라.

이럴 땐 참 든든한 친구다. 눈치 좀 없고, 여자 심하게 밝히는 면이 있어도 멋진 친구.

물론 앞에 두 개가 좀 크긴 하지만. 뭐 어때.

그렇게 머릿속으로 일본에서의 온갖 일정을 조율하면서, 나는 노트북을 챙길 겸 실버스틱으로 향했다.

그리고 건물 안으로 들어서자, 뜬금없이 로비에 커피잔을 앞에 두고 좌절하고 있는 연나연이 보였다.

'……좌절?'

뭔가 건드리면 안 될 것 같은 느낌이었다.

* * *

"지각이요?"
성시우가 느리게 고개를 끄덕였다.
"네. 회사에 지각해서 저렇게 좌절하고 있답니다."
"누가 보면 지각이 아니라 퇴사당한 표정이던데."
그 자세 그대로 공동묘지에 가 있으면 납량특집이겠고.
무슨 일이 있었길래…….
물론 지각해서 좋을 게 없긴 하지.
성가신 상사가 있다면 잔소리 캐스팅에 들어가니까.
바꿔 말해 그런 윗선이 없다면 지각이 큰 페널티로 와 닿진 않는다는 얘기다.
연나연에게 잔소리하는 상사?
'상상이 안 가는데?'
아니, 애초에 실버스틱에서 그녀에게 그럴 사람이 있나?
항상 야근에 찌들어 사는 그녀다. 능력이 없어서가 아니다.
오히려 자리에 비해 유능하다는 걸 실버스틱의 사람들도 모두 다 알고 있다.
그러니 지각한다 한들 뭐라 하기보단 오히려 건강 상할까 봐 걱정하는 사람만 한가득일 터.

"본인 스스로 정한 루틴을 스스로 깨뜨려 그게 자괴감 든답니다."

……참으로 대단한 성격이었다.

"어젯밤에 무슨 일이라도 있었나요?"

연나연도 어지간히 독한 사람이라 이유 없이 지각할 리 없다. 뭔가 그럴듯한 사연이 있을 텐데.

성시우는 모르겠다는 어깻짓을 했다.

"저야 모르죠. 남의 사생활에 꼬치꼬치 파고드는 성격도 아니고. 그나저나 현림 씨는 오늘 수업 아니에요? 갑자기 사무실에는 무슨 일인가요?"

…….

타다닥타다닥-

비행기 티켓팅은 굉장히 순조…… 로운 게 아니라 험난했다.

당연하지. D-1 티켓팅인데.

죄다 평소보다 가격이 훌쩍 올라 있는 게, 가락시장 중간 도매상이 알뜰살뜰 쓸어모은 채소값 같아 가슴이 시렸다.

해마다 중간 유통 욕하는 부모님들 심정으로, 그러니까 나 역시 속으로 욕하면서 부지런히 남은 비행기표를 매의 눈으로 살폈다.

성시우 역시 일정을 전해 듣고는 내 옆에서 부지런히

현지 숙박업소를 찾고 있었다.

다행히 숙박업소 예약은 어렵지 않았는지, 성시우는 곧 리스트를 뽑아냈다.

"현림 씨, 료칸 어때요? 세상에, 도쿄 한복판에 고급 료칸이!"

"얼만데요? ……세상에, 이게 뭐야 100만 원? 당장 이 흉물 치워요."

"음. 그게 2인 기준인 데다 옵션을 좀 조절하면……."

응 아니야. 가성비 좋은 비즈니스호텔이야.

우리가 놀러 가는 것도 아니고, 료칸인 것도 뜬금포인데 서신산은 계산에도 안 넣지 않았는가.

3명이면 어림잡아도 150만 원 나온다는 얘기를…….

"저 실은 현림 씨? 어제……."

어처구니없어하는 내 표정을 보고 '아!' 하는 표정을 지은 성시우가 품을 뒤적거리더니 뭔가를 꺼냈다.

뭐지?

……법카?

"연 실장님이 출장 경비는 지원해 주신다던데요."

"감독님."

"네?"

"옵션은 최대로."

성시우의 얼굴이 환해졌다.

우리는 서로 주먹을 들어 올려 가볍게 맞부딪혔다.

말하지 않아도 충분했다. 주먹을 통해, 눈빛을 통해 상대방의 뜨거운 의지를 생생하게 느낄 수 있었으니까.

뽑아낸다…… 기둥뿌리까지……!!

* * *

얼마 지나지 않아, 나는 놀랍고 신비한 상남자식 티케팅을 통해 비행기표 3장을 끊을 수 있었다.

"굉장히 운이 좋네요."

"서신산이라…… 기대되는군요. 명성이 자자한 원로 배우와 함께하는 일본 여…… 출장이라니."

성시우는 황급히 말을 바꿨지만 늦었다.

역시 여행 생각하고 있었구만.

"그럼 저는 바로 돌아가서 출국 준비하겠습니다."

"이거 가지고 가세요. 저번에 읽은 데서 대본 8화까지 내용이고 섬과 요괴 컨셉아트입니다. 시간 나시면 한번 읽어 보세요."

"오! 벌써 이렇게나…… 꼭 확인하겠습니다."

그렇게 자료와 표를 챙기고 신나는 모습으로 사라진 성시우 감독.

나는 대학교로 곧장 갈까 생각하다 좀 더 머물기로 했다.

'이제 와서 가 봐야 별 의미 없겠지.'

어차피 덕환에게 신세 진 거, 확실하게 지는 게 나았다.

의도치 않게 시간이 붕 떠 버렸다. 나는 한가로운 마음에 실버스틱 곳곳을 돌아다녔다.

그러는 사이 나는 여러 사람들을 마주칠 수 있었는데, 하나같이 반응이 예전과 달랐다.

바로 인사하는 사람, 인사할까 말까 갈등하는 사람, 멈칫거리다 인사하는 사람.

격세지감을 느꼈다.

실버스틱의 지망생은 물론 근무하는 사람들까지 전부 내 얼굴을 알고 있다는 얘기니까.

'이유는 안 봐도 뻔하지.'

실버스틱 곳곳에는 오디션 모집 공고가 붙어 있었다.

[천불천승의 섬]
20~39 남자 00명.
20~39 여자 0명.

이라고 적혀 있었는데, 공고 밑에는 조그마한 카드 형태의 팸플릿 함이 있었다.

호기심에 안쪽을 살펴보니 대부분 다 동이 난 상태.

이번 웹 드라마를 얼마나 많은 사람이 노리는지 알 수 있었다.

그때, 뒤에 인기척이 느껴졌다.

"뭘 그렇게 방황하고 계세요?"

연나연이었다.

이제 그녀는 지각의 충격에서 벗어나…… 충격이라는 것도 이상하긴 한데 어쨌든 평소의 모습으로 돌아온 듯했다.

"기분은 이제 좀 괜찮아졌나요?"

"으…… 대충은요. 아무튼, 선생님께 얘기는 들었어요. 내일 바로 가신다면서요? 하여간 그 사람도 진짜 뜬금없는 건 알아줘야 한다니까요."

"신산 선배님을 잘 아시나 보네요."

방금은 말하는 뉘앙스가 단순 사무적인 관계는 아닌 것처럼 들렸다.

연나연은 갑작스러운 질문에 당황한 듯 귓불을 잠깐 만지다 대답했다.

"알기야 잘 알죠. 악연인지 아닌지는 모르지만. 아, 그리고 현림 씨. 실버스틱 내에서 유현림 씨를 향한 불만이 폭주 중이란 거 알고 계세요?"

"네? 불만요?"

당황해서 연나연이 무슨 말을 하는 지 쳐다보았다.

"실버스틱 소속의 아리땁고 창창한 여배우들이 오디션 문턱이 너무 높은 거 아니냐, 남자만 뽑는 거 아니냐 이런 불만이 하루가 멀다 하고 날아들고 있어요."

그런 문제였구나.

하긴 이번에는 남자만 열 명 넘게 뽑긴 했다.

한데 곰곰이 생각해 보면 이건 당연하고 어쩔 수 없는 부분이다. 작중 사회적 배경이 군대 아니던가. 남자 위주로 뽑을 수밖에 없는 일이었다.

연나연도 당연히 알고 있다는 듯 실없이 웃으며 말했다.

"뭐 말이 그렇다는 거죠. 사실 투덜거림 이상은 아니에요. 그만큼 현림 씨의 다음 작품을 기대하는 사람이 많다는 애기니까 기억해 주시면 하는 거죠."

"하하, 다음에는 적극 고려해 보겠습니다."

다음 작품은 나름 생각해 둔 게 있다. 하지만 아직 정해진 게 없으니 사회적인 수사를 쓸 수밖에 없었다.

그럼에도 연나연은 나름의 수확이라 생각했는지 활짝 웃었다.

"듣던 중 반가운 소식이네요."

"그나저나 실장님, 대본은 보내셨나요?"

"어제 받자마자 바로요. 오전에 잘 받았다는 연락 받았어요. 그런데 현림 씨도 굳이 가시는 거예요? 주말에 출장 가고 월요일날 바로 학교 가고 게다가 대본 작성에 연기 연습…… 이거 몸이 남아나겠어요?"

"어쩔 수 없죠. 미쓰이의 돈주머니를 살살 녹이려면 제가 나서야 하니까요."

9화부터 16화까지의 내용은 내 머릿속에 있다. 그걸 이용해 미쓰이를 설득해 봐야지.

다른 누구한테 맡길 수 있는 것도 아니니까.

연나연이 잠깐 생각하더니 고개를 끄덕였다.

"결정했어요."

"네? 뭐를요?"

"저도 같이 가는 걸로."

"……."

순간 연나연의 얼굴을 살필 수밖에 없었다.

진심인가?

…….

진심이네.

"현림 씨를 못 믿어서 그러는 게 아니에요. 그저 백지장도 맞들면 낫다 뭐 그런 취지죠."

"아니, 그래도 실장님 항상 야근이시던데 주말은 좀 쉬시는 게."

연나연의 표정은 단호했다.

"일본 놀러 가는 게 쉬는 거죠. 솔직한 심정으로는 료칸 같은 데서 제대로 쉬고 싶지만, 출장이니 자제해야겠죠?"

으윽.

연나연이 성시우가 예약한 료칸을 보면 무슨 표정을 지을까?

예상되는 참극에 등 뒤로 식은땀이 절로 흘렀다.

"너무 부담 가지지 마시고, 비행기표 하나 더 예약해

주시겠어요? 얼른요."

참 무지하게 부담된다.

* * *

다음 날, 토요일 아침.

우리는 모두 준비한 후, 인천 공항으로 모였다.

이른 시간인지라 다들 잠의 여파가 얼굴에 은은하게 남아 있었다.

가장 먼저 정신을 차린 건 연나연이었다.

"자자, 그럼 인원 체크 들어갈게요! 신산 선생님? 여기 계시고, 현림 씨? 여기 계시고 다음은…… 풀 플렉스님?"

성시우가 쭈그리 자세가 돼서 손을 들었다.

"행차하셨군요. 오는 길이 많이 불편하셨죠? 리무진 서비스도 시키시지, 그랬어요? 법. 카. 로."

싸늘한 연나연의 목소리.

얼굴은 더더욱 싸늘하다. 지나가는 사람들마다 고개가 절로 숙여졌다.

검은색 민소매 터틀넥에 달라붙는 하이웨이스트 진청 바지는 보는 사람 눈길을 이끄는 어트랙티브함이 있었지만, 그 이상으로 싸늘한 얼굴의 존재감은 무시무시했다.

"감독님, 비행기 여행 불편하실 텐데 왜 이코노미석으로 고르셨어요? 퍼스트 클래스 고르시지. 법. 카. 로."

"아, 면세점도 한 번 휩쓸어 볼까요? 법. 카. 로. 어머, 왜 그렇게 고개를 숙이실까?"

무섭소. 무서워 죽겠소. 연나연 대장.

지금 4월인데 서릿발 내리겠소.

성시우는 이제 위축되다 못해 맨틀로 파고 들어갈 기세였다.

서신산도 차마 그녀를 말리지 못하고 딴청을 피우며 휘파람만 피우고 있었다.

덕분에 원죄를 일정 부분 공유하던 내가 분연히 일어나 연나연을 말리느라 진땀을 빼야 했다.

* * *

비행기에 타고 잠깐 눈을 붙였더니 나리타 공항이었다.

짐을 챙기고 비행기에서 내렸는데, 나란히 앉았던 성시우와 서신산은 그 짧은 시간 동안에 친해졌는지, 내내 대화를 멈추지 않았다.

잠시 후 미쓰이에서 나온 픽업 차량이 우리를 맞이했다.

운전석 쪽에 앉은 사람은 성시우 또래로 보이는 남자였는데, 조수석에 앉은 서신산과 면식이 있는 듯 반갑게 일본어로 대화를 나누었다.

중간에 앉은 성시우는 뒤늦게 졸음이 찾아왔는지 꾸벅꾸벅 졸기 시작했고, 운전석 뒤에 앉은 연나연 역시 피로

가 덜 풀렸는지 몸을 창가 쪽으로 튼 후, 새근거리며 잠들었다.

창밖으로 바라본 나리타 주변은 도쿄와 같은 도심 분위기는 아니었고, 오히려 시골 느낌이 났다.

어느덧 도쿄로 진입했고, 연나연과 성시우 역시 잠에서 깨어났다.

차는 우리를 예약 잡았던 료칸으로 데려다주었다.

"본격적인 얘기는 내일 오전에 하자고 하는구나. 자세한 시간은 추후 다시 전달해 준단다."

미쓰이 쪽 사람과 얘기를 끝낸 서신산이 말했다.

"그러니까 오늘은 가서 푹 쉬자."

* * *

이전 생에서 난 료칸이란 곳을 간 적이 없었다.

물론 일본은 영화 홍보차 배우들과 함께 종종 가긴 했다.

다만 잠은 고급 숙박업소가 아닌 적당한 가격의 비즈니스호텔 같은 곳을 선택했었다.

누가 홀대한다거나 그런 게 아니라 내 스스로의 선택이었다.

물론 PD나 배우들이 말렸다. 왜 이런 불편한 곳에 머무냐고, 같은 숙소를 쓰자고.

그러나 나는 여기가 편하다고 고집을 부렸다.

밤마다 벌어지는 저들끼리의 시끄러운 파티에 절름발이 작가가 끼어 봐야 피차 불편해질 뿐이라고 생각했으니까.

료칸 료칸 하는데 그래 봐야 좀 비싼 온천 여관 아냐? 이게 그때의 솔직한 내 심정이었다.

그런 내가 지금 와서 드는 생각은……

'진작에 가 볼걸!'

후회막심이었다.

"확실히 성시우 감독이 욕먹어 가며 고른 곳 답구만."

왕년에 일본 좀 왔다 갔다 했다는 서신산조차도 감탄할 정도였으니 나는 오죽했겠는가?

좀 비싼 온천 여관은 무슨.

전통적인 인테리어와 현대적인 소품들이 적절히 배치된 정갈한 내부, 아름다운 조명과 은은하게 풍기는 풀잎 향.

문밖으로는 나무와 돌과 풀로 이루어진 아름다운 정원.

"이야……"

감탄만 나왔다.

내가 이걸 거절했다고?

인생 1회차는 손해만 봤네.

오히려 절름발이니까 더욱 플렉스해야 했는데. 풀소유해야 했는데.

옆을 보니 연나연 역시 다를 바 없었다.

짐을 내려놓고 방과 거실을 돌아다니며 어머? 어머? 감탄하며 벅찬 표정을 짓고 있었다.

출국 전 내내 성시우를 구박한 건 까맣게 잊은 모양이다.

성시우는 뒤에서 뿌듯한 표정을 지었다.

우리는 짐을 정리하고, 입으로 가져가는 게 미안할 정도로 예쁘게 차려진 음식을 먹고 난 후, 거실 테이블로 모여 소소한 술자리를 가졌다.

다들 표정이 은근히 상기되어 있었다.

먼저 입을 연 건 서신산이었다.

"시간은 내일 10시로 하자고 연락이 왔으니, 그때부터 너희들 일정을 도우면 되겠지. 친구 만나는 건 그다음에 하고."

친구라면 미쓰이 사장이겠지.

"그러니 스케줄이 늘어져 같이 귀국 못할 것 같으면 연락하마."

중간에 살짝 어투가 딱딱해졌는데, 자신을 미끼로 헛짓거리를 꾸민 미쓰이를 생각하니 다시 노기가 피어오르는 모양이다.

서신산은 개인 친분으로 통역에 능숙한 사람을 구해 놨다고 했다.

"현림이 쪽은 연 실장이 왔으니 별걱정이 안 되는데 시우 쪽이 좀 걱정이구나. 괜찮겠냐?"

맥주를 홀짝거리던 성시우가 어깨를 으쓱했다.

"저요? 에이, 대본 다 있고 연기하는 것만 보면 되는걸요. 정 안 되면 구조 요청하죠, 뭐."

"그래도 내가 옆에서 같이 봐주면 도움이 될 텐데."

"걱정은 감사하지만……."

서신산과 성시우는 어느덧 둘만의 대화에 빠져들었다.

두 사람은 예상보다 케미가 잘 맞았다.

신예 감독은 원로 배우의 현장 썰을 흥미진진하게 들었고, 원로 배우는 신예 감독의 호기심 어린 질문에 기꺼이 대답해 주었다.

"……."

그런데 기분 탓인가? 이제 와서 느낀 건데 서신산이 연나연과 묘하게 거리를 두는 느낌이었다.

공항에서 서신산이 말을 건 것은 나나 성시우가 전부. 연나연을 언급할 때면 직접적으로 눈을 마주치며 얘기하는 게 아니라 뭉뚱그려 얘기하거나 마치 교장선생 훈화하듯 살짝 딴 곳을 보곤 했다.

무슨 일일까? 한국에 있을 땐 저러지 않았는데.

그러고 보니 어제 실버스틱에서 신산 선배님을 잘 아냐는 질문에 살짝 당황해하는 느낌이 묻어나왔는데.

둘이 무슨 일이라도 있었나?

의문이 들어 옆을 보니 그곳에는.

"으으음…… 조으다아."

"……어?"

머리를 풀어헤치고 흐느적거리고 있는 어떤 사람이 있었다.

귀신치곤 생긴 게 꼭 연나연 같은데…… 맞구나.

살짝 풀어진 눈의 그녀가 들고 있는 것은 술병이었다.

내가 두 사람의 대화에 집중하는 동안 혼자서 홀짝거렸는지 옆에는 빈 술병들이 보였다.

세상에. 술을 물 마시듯 어쩌고를 직접 보게 될 줄이야.

"괜찮습니까?"

"현림 씨도 한잔하시죠오?"

혀도 살짝 꼬이셨고.

"일본까지 왔는데 일만 하고 돌아갈 순 업스어…… 그러니까 한잔해!"

이 사람을 어떻게 재워야 하나 고민하는데 신산이 한마디 던졌다.

"받아 줘라, 현림아."

고개를 돌리니 두 사람의 손에도 술병이 들려 있었다.

"으음."

이제 보니 다들 놀 생각 그득한데 나만 일하러 왔네?

"사람이 젊어서 부지런한 것도 좋지만 너무 팽팽하게 당기면 끊어지는 법이야."

"너나 연나연이 둘 다 스스로 너무 몰아가는 경향이 있어. 출장이라곤 해도 기왕 해외로 나왔으니 이번에 좀 쉬면서 리프레쉬 하는 게 어떠냐?"

"현림 씨, 저도 신산 선생님 말씀에 적극 동의합니다."

으윽. 성시우, 너마저도?

"거 봐, 현림아. 두 사람 말 들었지? 누나랑 마시는 거다. 빼기 없기."

"하하, 좋죠. 선배님, 감독님? 이리 와서 같이……."

"그러고 보니까 여기 온천이 그렇게 좋다던데. 한번 몸이나 담가 볼까?"

"어엇? 선생님도 저하고 같은 생각을?!"

배신자들.

두 사람은 나와 연나연을 놔두고 후다닥 사라져 버렸다.

이것 봐라?

뭔가 아는 눈치던데, 필시 연나연의 술주정을 알고 감당하길 꺼리는 듯했다.

"현림아. 한 잔 따라 봐."

"실장님, 벌써 세 병짼데 그만……."

"응? 오늘은 누나라고 불러. 내가아 특별히 허락할게."

그런 허락 딱히 안 필요한데.

하지만 이미 그녀를 말리긴 늦었고, 결국 나도 같이 어울려 주거니 받거니 할 수밖에 없었다.

"현림아. 앞으로도 잘 부탁해."
"네 저도 잘 부탁드려요. 누나."
"대본 많이 많이 써 주고……."
불길한 예감이 드는데?
"……."
"우리 실버스틱 핏덩이들 너무 불쌍해…… 주·조연이라도 한 번 맡아 봤으면 좋겠어."
"제 코가 석 잔데요."
"이미 주연 해 봤으면서!"
"그럼 오디션에서 이겼어야죠."
"……이익! 안 되겠어…… 마셔!"
내 잔에 애정을, 아니 분노를 가득 담아 술을 채워 주는 연나연.
"그래도 고마워. 이번에 현리밍이 좋은 게 군인들 나오는 대본 썼다는 거. 우리 애들 좀 더 많이 나올 수 있게 한 거."
"실장…… 누나도 참 대단하네요."
연나연은 이미 내 이름도 제대로 못 부를 정도로 취했으면서 애들 걱정을 놓지 못하고 있었다.
"안타깝잖아. 젊음을 다 바쳐도 꿈을 이루지 못하는 애들을 보면……."
"그런 사람이 한두 명도 아니고."
"현림이 너 사람이 왜일케 매정해? 그럴 수 있어?"

이제는 아예 내 어깨를 부여잡고 한탄한다.

'환장하겠군.'

두 사람 나갈 때 나도 같이 따라 나갈걸. 이게 뭔…….

"매정한 게 아니고 현실이 그런 걸요. 머리 좋다고 다시 행시 사시 붙는 것도 아니고, 운동 잘한다고 다 금메달 따는 것도 아니죠. 열심히 일한다고 다 부자 되는 게 아닌 것과 다를 게 뭐가 있나요?"

언제까지고 이런 주사를 들어 줄 생각은 없기에 좀 강하게 말했다.

좀 더 많은 지망생을 데뷔시키고 싶은 마음, 그걸 이해 못하는 건 아니다.

그렇다고 내가 모두의 뒤치다꺼리를 할 순 없는 노릇 아닌가.

"매정한 놈."

눈가에 눈물이 맺히는 그녀.

뭐지 이건?

나는 지금 이 상황이 어떻게 돌아가는지 이해할 수 없었다.

'이상해.'

이번 생과 저번 생을 통틀어서 내가 연나연에게 가지는 이미지는 그저 극성맞은 실버스틱의 대장부였다.

어떻게든 자기네 배우 꽂아 넣으려고 하는, 손님으로 치면 블랙 컨슈머 그 자체라고 볼 수 있었다.

하지만 인간 자체는 정상이라고 생각했는데 지금 그 생각이 흔들린다.

저 반응은 분명 정상에서 살짝 어긋나 있었다.

'아무리 술자리라지만…… 내 입장은 밝혀 둬야겠어.'

내가 이상하게 바라보는 사이에도 연나연의 한탄은 계속해서 이어지고 있었다.

나는 독하게 마음을 먹고 입을 열었다.

"누나, 누나가 실버스틱 애들 소중하게 여기는 건 알겠어요. 하지만 나는 생각이 달라. 나는 걔들 데뷔시켜 주려고 들어온 게 아닙니다."

이카루스를 발판 삼아 배우로 일어서고 싶다. 그건 처음부터 지금까지 결코 변하지 않은 목표.

실버스틱 지망생의 데뷔 도우미가 되는 건 사양이었다. 이카루스도, 나도.

"본인조차 감당하지 못할 책임감을 스스로 짊어져 놓고 남까지 끌어들일 생각이십니까?"

"감당 못할 책임감이라니."

연나연의 눈초리가 올라갔다. 나는 미동도 안 하고 그녀의 눈을 마주 보았다.

잠시 후, 그녀가 한숨을 쉬더니 한 손으로 눈 받침을 하며 의자에 기댔다.

"미안, 현림아. 내가 너무 열을 냈나 봐. 너도 결국 배우지."

"……주무세요, 실장님."

잠시 후, 연나연은 고개를 끄덕였고 나는 그녀를 방으로 부축해 줬다.

"석훈아……."

침대에 눕기 전, 그녀는 누군지 모를 이름을 희미하게 중얼거렸다.

착각인지 모르지만 목소리도 살짝 젖어 있었다.

나는 그대로 불을 끈 뒤, 방으로 들어가 눈을 붙였다.

"참 빌어먹도록 환상적인 첫날이군."

이게 부디 액땜이기를 바라며 나는 그대로 곯아떨어져 버렸다.

다음 날 아침.

나는 곧바로 오늘 있을 일에 대해 의논하기 위해 서신산을 찾았다.

"이번에 미쓰이 방문에 관해 드릴 전략 전술에 대해 말씀드리고 싶은 게 있습니다."

"전략 전술?"

"네. 전략 전술."

우리는 이곳에 놀러 온 게 아니다.

미쓰이라는 성의 곳간을 털기 위해 왔지.

물론 적들도 생각 없는 이들이 아니니 방비가 탄탄할 터.

상대에게서 원하는 것을 빼앗기 위해선 우리도 그에 상응하는 전략이 필요했다.
　얘기를 들은 서신산이 고개를 끄덕이며 호기심을 보였다.
　"그래서, 준비한 건 있고?"
　"네. 실은……."
　나는 서신산에게 내가 생각했던 것들을 말해 주었다. 오직 서신산만이 도울 수 있는 전략을.
　크어어…… 크어어.
　방문을 뚫고 들어오는 성시우의 코 고는 소리가 우리 둘의 속닥거림을 완벽히 파묻어 주었다.

*　*　*

　미쓰이 입구에서 서신산 일행을 기다리던 마코토는 다시 자신의 모습을 살폈다.
　'분명 사장님 친구하고 실장, 감독과 작가가 온다고 했으니.'
　말로만 들었을 때는 화려한 라인업이었다.
　그래서 마코토 자신도 아침에 좀 더 양복 핏을 살폈고, 얼굴 역시 빠져나온 털은 없나 혹은 이마에 내 천자 주름은 잡히지 않았나 더욱 각별히 살폈다.
　저들에게 가능한 좋은 인상을 심어 주기 위해서.

2장 〈109〉

그리고 차에서 내리는 그들을 발견하자마자 활짝 웃어 보였다.

그런데.

"흐억……!"

"……."

자신을 보자마자 얼음이 되어 버린 한 남자의 모습에, 마코토는 웃는 모습 그대로 굳어 버렸다.

성시우 역시 한껏 굳어진 표정으로 입을 달싹였다.

"왜 그런 눈으로 봐요? 누가 봐도 그쪽 사람이잖아요! 저 문신에, 선글라스에, 반짝 머리에, 손가락도…… 없네?"

"감독님…… 미쓰이 사람이에요."

"저 사람이요? 미쓰이? 혹시 미쓰이가 그…… 그쪽 기업인가요? 그럼 우리 다시 생각해야 하는 거 아닌가요? 범죄조직하고 엮일 바에는……."

이때 서신산이 한숨을 쉬며 말했다.

"시우야, 저 사람 한국말 할 줄 안다."

서신산의 말에 성시우의 입이 그대로 닫혔다.

…….

"하하, 그런 오해 많이 사곤 하죠. 아무래도 생긴 게 생긴 거라."

"죄송합니다……."

성시우가 거듭 사과했고, 마코토는 손사래를 쳤다.

어제 오늘 성시우가 고생을 많이 하는구나.
"이젠 뭐 익숙합니다. 아무렇지 않아요."
마코토는 우리를 안쪽으로 안내하다가 직원과 교대한 후, 어딘가로 사라졌다.
우리는 직원과 함께 미쓰이 회사 복도를 걸었다. 잠시 후 중앙홀이 나타났고, 우리는 그곳에서 잠시 대기했다.

* * *

"그러니까 저 마코토란 분은 탈모고, 햇빛에 약하고, 산재 사고고, 불교적 취향일 뿐, 야쿠자는 아니다…… 이 말씀이죠?"
"기가 막힌 교집합이죠?"
성시우는 내게 몇 번이나 확인받고는 안도의 한숨을 내쉬었다.
"후, 다행이다. 순간 돈세탁 같은 거에 연루된 건가 싶었습니다."
"만약 돈세탁이었다면요?"
호기심에 물으니 성시우가 고개를 절레절레 흔들었다.
"당연한 걸 묻는군요. 절대로 거절했을 겁니다. 부모님을 실망시킬 짓은 하고 싶지 않거든요."
"효자시군요."
"그동안 두 분 등골 빨아먹은 걸로 충분합니다. 눈물까지 마실 순 없죠. 왜냐하면 제가 대학 다닐 적……."

성시우의 인생사는 1회차 때도 많이 들어서 관심사가 아니었다.

그의 말을 듣는 척하면서 주변을 둘러봤다.

미쓰이 회사는 특이했다. 외관은 나무 자재를 써서 고풍스럽단 느낌을 줬는데, 안쪽은 대리석을 비롯한 고급 자재로 수놓아 언밸런스하다는 느낌을 줬다.

특이한 점은 한쪽 벽에 연판장 비슷한 게 걸려 있는데 이름 목록에 드문드문 한국 이름도 있었다.

자세히 살펴보려는 찰나, 담배를 피우러 갔던 서신산과 화장실에 갔던 연나연이 돌아왔다.

이어서 잠시 후, 안에서 사람이 나와 우리를 각각 다른 곳으로 안내했다.

…….

우리는 커다란 회의실에 들어섰다. 아니 회의실이라기보단 응접실이란 말이 더 어울렸다.

눈이 편안해지는 은은한 노란 조명에 상당히 값 나갈 것 같은 고급 의자.

테이블에는 명인이 직접 만들었다는 소개가 적인 양갱과 차가 놓여 있었다.

건너편에서 우릴 맞이한 건 아까 입구에서 봤던 마코토였다.

"오래 기다리셨습니다. 저희가 몇 가지 준비를 하느라

대접이 늦어진 점 사과드립니다."

"별말씀을요. 부디 오늘 서로에게 의미 깊은 만남이 되었으면 합니다."

얄미운 감정과는 별개로, 나는 정중히 답 인사를 건넸다.

"오랜만에 뵙습니다."

연나연은 살짝 당황한 표정으로 맞인사했다. 그의 능숙한 한국말이 아직 어색한 모양이었다.

잠시 후, 좀 더 원활한 커뮤니케이션을 위해 한국인 통역사가 들어와 우리와 마코토 사이에 앉았다.

'슬슬 전쟁 시작이군.'

이쪽은 연나연과 나, 저쪽은 마코토.

2:1이지만 홈그라운드의 이점을 무시할 순 없으니까 사실상 동률이라고 봐야겠지.

가장 먼저 칼을 뽑은 건 마코토였다.

"지금 8화까지 보내 주신 내용 잘 봤습니다. 도중에 내용이 끊긴 것 같은데 몇 화까지 기획하고 있으며 추후 전개에 대해 간략하게 설명해 달라고 합니다."

대충 '앞에 내용은 삐까번쩍하게 벌려 놓으셨는데 용두사미식 결말은 아니겠지?' 하는 얘기였다.

여기까지는 예상대로.

"그러면……."

나는 그 자리에서 [천불천승의 섬] 후반부 내용에 대해 쏟아 내기 시작했다.

2장 〈113〉

태블릿은 필요 없다. 종이도 필요 없다. 모든 내용은 내 머릿속에 담겨 있다.

윤선우와 소대원들은 산의 절에서 구조대가 올 때까지 기다리기로 한다.
절 주변을 수색하던 중, 이상한 동굴을 발견하게 되고, 그곳에서 이 섬이 봉인하고 있는 최흉의 악귀 정체를 알게 된다.
"두억시니?"
마코토가 물었다.
두억시니.
민간 전승에서 답도 없는 악신으로 분류되는 존재.
한국에서도 유명한 요괴가 아니니만큼 일본인인 그가 모르는 것도 당연하겠지.
나는 작게 고개를 끄덕였다.
"야차 같은 존재로, 신과 같은 격을 가진 요괴입니다."
"오니와 비슷한 거냐고 묻습니다."
"그렇게 받아들여도 무방합니다."
물론 설정상 오니보다 훨씬 격이 높지만, 이런 걸 따지는 건 무의미하겠지.
"그런 존재가 섬에 봉인되어 있다니……."
마코토가 중얼거렸다.
폭풍이 잦아드는 마지막 밤에, 요괴들의 공격이 시작되

고, 소대원들도 대웅전 안으로 후퇴하며 저항한다.

나는 마코토에게, 윤선우는 섬에 봉인된 최흉의 요괴 두억시니를 풀어야 할지 말아야 할지, 선택의 기로에 놓이게 된다는 내용까지 풀었다.

흥미진진하게 듣던 마코토는 안달이 났는지 직접 물었다.

"빨리…… 그다음은요?"

"듣고 싶으신가요?"

"네!"

나는 손가락으로 동그라미를 만들어 보였고, 그게 의미하는 바를 깨달은 마코토는 입을 다물었다.

"끄응……."

잠시 내적 갈등으로 괴로워하던 그가 마침내 입을 열었다.

통역이 듣고 우리에게 얘기해 줬다.

"작가님이 쓴 대본과 방금 해 주신 말씀 굉장히 재미있었으며, 기대됩니다. 이대로만 간다면 말이죠."

통역사의 입에서 쏟아지는 칭찬을 들으며 나는 다음에 이어질 말을 대비했다.

아니나 다를까.

"하지만 아무래도 우려되는 것은 돈. 대본대로 하자면 섬 현지 촬영이 확실시되어 보이는데, 맞습니까?"

나는 고개를 끄덕이며 말했다.

"맞습니다."

"게다가 세트 비용은 물론, 분장 비용까지 합치면 최소 제작비가 1억 엔…… 이 넘게 들 거라 예상합니다. 이 부분에 대해 자신들과 생각이 달라 논의가 필요하다고 합니다."

논의는 무슨 논의.

속이 뻔히 보여서 헛웃음이 나오려는 걸 억지로 참았다.

결국 이 말을 해석해 보자면…….

'너네들 소박하게 하는 거 아니었어? 왜 이렇게 일을 크게 벌여? 우리 계획과 다르잖아? 저렴하게 제작 노하우 먹으려 드는 속셈이 틀어져 버리니까 다시 정렬해 주실래요?'

이렇게 되는 것이다.

이때 연나연이 나섰다.

"그 문제는 작가님보다는 저하고 얘기를 하는 게 나을 겁니다."

마코토는 가늘게 뜬 눈으로 그녀를 바라보았다.

여기서부터는 그녀가 주역이다.

실버스틱은 거대 기획사가 아닌 중소 기획사에 불과했고, 대한민국 대다수 중소기업이 그렇듯 그녀 역시 메인으로 맡은 업무와는 별개로 다른 일들을 짊어지고 있었다.

그런 그녀가 다방면으로 이번 웹 드라마가 노릴 수 있는 장점을 마코토에게 늘어놓았다.

"이미 전작에서 우리 웹 드라마를 기대하는 팬층들이 생겼습니다. 또한 국내뿐 아니라 해외에서도 상당한 팬층이 생겼고요. 각 나라에서 나오는 반응을 보면 차기작에서도 상당한 조회 수가 나오리라 판단됩니다."

"호오…… 굉장히 확신하는군요."

"이미 한 번 성공했으니까요. 원하신다면 각 나라별로 얼마씩 나왔는지 말해 줄 수 있습니다."

저 정보들.

실버스틱에서 온갖 업무를 해 온 짬에서 우러나오는 이야기였다.

두 사람의 이야기는 한참 이어졌다. 나야 사업이나 영업 분야는 문외한이었지만 표정을 보건대 연나연 쪽이 우세했다.

일방적인 공세였고, 마코토는 수성하기에 바빴다.

급기야 마코토 쪽이 먼저 정색하고 나섰다.

"……그래도 쉽지 않은 액수입니다. 말씀하신 것 모두 고려해 봐도 힘들어요. 위험부담이 만만치 않을 겁니다."

저 표정을 보면 이미 마음을 굳힌 모양이다.

예산을 줄이든가 아니면 이대로 끝내든가. 하나만 선택해라.

"투자라곤 해도 어엿한 남의 돈. 그 가치를 너무 가볍게 보지 않으셨으면 합니다."

"당연히 저희는 가볍게 보지 않습니다. 다만, 미쓰이는 시간과 사람을 가볍게 보고 있으시면 의외의 발언이라고 생각됩니다."

연나연이 결정타를 위한 빌드업을 쌓았다.

나는 이 대화의 끝이 다가왔다는 걸 느꼈다.

"영문 모를 말씀이군요. 그리고 방금 그 말씀은 굉장히 실례되는 발언이라고 생각됩니다만.

"영문을 알게 해 드리죠. 혹시 보내 주신 매니저들 이름, 알아본 결과를 알려 드릴까요? 제 지인 중에 일본 업계에 아주 박학한 사람이 있어 구할 수 있었거든요."

물론 그녀가 말하는 지인은 오덕환을 이야기하는 것이었다.

마코토는 힘겹게 입을 열었다.

"회사…… 소속 개인 정보를 외부 사람에게 함부로 열람해 줄 수는 없습니다."

그래, 그러시겠지. 그게 당연한 거고.

'외부 사람'에게는 보여 주면 안 되지.

그때.

벌컥!

응접실의 문을 열고 들어오는 사람이 있었다.

반백의 다부진 인상의 남자.

그를 본 마코토가 사색이 돼서 황급히 자리에서 일어났다.

두 사람은 서로 일본말로 대화를 주고받았다.

이어서 반백의 남자가 마코토에게 뭔가를 내놓으라는 듯 손짓을 했다.

어안이 벙벙해진 통역과 연나연.

뜻밖의 사태에 눈만 껌벅거리며 상황을 파악하려고 애썼다.

나 역시 무슨 말인지 알 수 없지만, 적어도 돌아가는 상황을 보아하니 어느 정도 짐작할 수 있었다.

'저 사람이 사장이구나. 서신산의 친구인가 뭔가 하는.'

어떻게 알았냐고? 반백의 남자가 마코토의 멱살을 잡고 짤짤거리기 시작했으니까.

둘 다 비주얼이 훌륭해서 한 폭의 멋진 조폭들의 멱살잡이였다.

차분한 이미지의 일본인도 빡치면 한국인과 비슷해진다는 점에서 묘한 동질감을 느꼈다.

'뭘까? 이 통쾌한 기분은?'

우리에게 꽉 막힌 태도로 일관했던 마코토가 저 사장한테 멱살 잡히는 모습 보니 가슴속 가득 우러나오는 훈훈한 감정은?

한국인인 통역도 사태를 파악하곤 신나는지 어깨를 들썩거리며.

"매니저 리스트 내놓으랍니다!"

"자기 친구 말이 맞으면 각오하랍니다!"
등의 말을 늘어놓았다.
맹세컨대 오늘 중 가장 텐션이 높아 보였다.
보는 나도 더욱 흐뭇해졌다.
"진짜면 나머지 손가락도 내놓을 각오하랍니다!!"
……어?

잠시 후 서신산이 사장의 뒤를 따라서 느긋한 걸음걸이로 응접실로 들어왔다.
그는 나를 향해 이만하면 오케이냐는 듯 엄지손가락을 들어 올렸고, 나 역시 엄지를 들어 올렸다.

* * *

인천으로 향하는 비행기가 막 나리타 상공으로 이륙했다.
올 때와 달리 갈 때는 4개 모두 붙어 있는 자리였고, 나와 성시우가 가운데에, 연나연과 서신산이 가장자리에 앉았다.
연나연은 일본에서의 일이 피곤했는지, 안대를 끼더니 바로 새근새근 잠들어 버렸고, 서신산도 친구하고 낮술 한잔 거하게 때려서인지 앉자마자 잠들어 버렸다.
그 때문인지.
"신산 선생님이 그걸 미쓰이 사장한테 다 말했다고요?"

나는 성시우의 질문받이가 되었다.

"회사원이 가장 눈치를 보는 사람은 자기 회사 상사니까요."

원래 계획은 나와 연나연뿐만 아니라 서신산도 함께 셋이서 마코토를 만나 얘기를 나눈 후, 서신산은 나중에 따로 사장을 만나는 것이었는데…….

그걸 나는 중간에 틀어 버렸다. 더 멋진 아이디어가 생각났기 때문이다.

-차라리 사장을 좀 일찍 만나시죠?
-그러면 마코토 걔는 너희 둘이 상대하게? 걔가 그리 만만한 놈이 아냐. 돈자루는 걔가 쥐고 있어. 니네가 아무리 찔러 대도 구멍 내기도 쉽지 않을 거다.
-누가 저희가 상대한대요?
-뭐?
-사장 보고 상대하라고 하세요.
-사장? ……아아.

내 생각을 알아차린 서신산이 회심의 미소를 지었다.

-못된 아이로구먼. 이 늙은이를 고자질쟁이로 만들고.
-아랫사람이 하는 일을 윗사람이 알게 해야죠.

사장이 친구인 서신산에게 이 일을 듣게 된다면 본인이 알고 있었든 몰랐든 화를 낼 수밖에 없게 된다.

그때 우리가 있는 쪽으로 오도록 서신산이 충동질하면 얘기는 끝난 거지.

"그래서 그 야쿠…… 아니 마코토 씨가 빌다시피 한 거군요?"

"맞아요. 우리였으면 아무리 따지고 들어도 그냥 실수였다, 확인해 보겠다 얼버무리고 넘어갔겠죠."

그랬기에 효과는 완벽했고, 결국 30% 그대로 가기로 했다.

마코토?

우정을 미끼로 꼼수를 쓴 그놈은 훼손된 우정으로 분기탱천한 사장에게 허리가 부서져라 굽신거려야 했다.

동정?

손모가지 안 짤린 걸 감사히 여겨야지.

"내심 만만치 않은 돈이라 생각했는데, 즉석에서 결정이 나왔군요."

"저쪽도 나름 계산기 돌려 본 거겠죠. 대신이라기 뭐하지만, 저쪽에서 보내 오는 스텝들에게 우리 노하우도 오픈하기로 했고."

마코토 본인의 얘기로는 맥시멈 4, 5천 정도 생각하고 있었다니, 괘씸하기 짝이 없다.

매니저와 배우들 먹고 자고 하는 비용들도 우리가 대야

하는데, 한 달 두 달 지나면 천오백 이천은 가볍게 빠져나간다.

그럼 남는 돈은 이삼천.

생각해 보니 도둑놈 심보가 따로 없다. 그 정도 액수로 골수까지 빨아먹을 생각을 하다니.

사장이 마코토의 멱살을 잡은 게 이해가 갔다.

"그래도 미쓰이 측이 손해만 보는 건 아니니까요."

이후 교육받고 돌아간 스텝들은 미쓰이가 이후 만들 웹드라마의 핵심 인력이 될 터.

여기서 쌓은 경험은 이후 있을 시행착오를 확실히 줄여 줄 것이다.

흥행?

그건 그치들이 알아서 할 문제고.

나름의 결론을 내린 나는 이번엔 역으로 성시우에게 물었다.

"감독님은 어떻게, 성과가 있었습니까?"

성시우는 대답 대신 종이를 건넸다.

배우 프로필이었다.

"어디 보자…… 남자네요?"

미쓰이가 준 프로필 북은 여자가 많던데.

"현림 씨 말대로 확실히 오디션은 직접 마주하고 봐야 한다는 걸 느꼈습니다. 다들 모니터하고는 아예 느낌이 다르더라고요. 그리고 그중에 가장 느낌이 괜찮은 사람을 골랐고요."

그가 뽑은 배우의 예명은 '나츠'였다.

외모만으로 보면 딱히 특출 난 건 없어 보였다. 단정한 헤어 스타일에 금테 안경을 끼고 있어 지적인 인상을 주긴 했지만.

'살짝 깨는데? 배우는 예명이 중요한데……'

'여름'을 뜻하는 나츠라는 예명과 외모가 서로 어울리지 않는다는 게 특징이라면 특징이었다.

"느낌 있는 분으로는 몇 사람 더 있었지만, 고민 끝에 결국 방금 드린 분으로 하기로 했습니다."

"……그럼 감독님의 판단이 맞을 겁니다."

캐스팅은 내가 왈가왈부할 문제가 아니니까.

잠시 후, 한참 발랄하게 수다 떨던 성시우도 꾸벅거리기 시작했다. 올 때와 달리 많이 피곤한 모양이었다.

하긴 오디션 지원한 몇십 명을 혼자서 보고 판단했으니 지쳤겠지.

나 역시 안대를 꺼내 쓰고 등을 기댔다.

짐이 한결 가벼워진 기분이었다.

* * *

일본에서 돌아오고 나서도 쉴 틈은 없었다.

연나연은 사내 오디션을 준비했고, 성시우는 쓸 만한

로케이션을 찾아 돌아다녔다.

"그걸 감독님이 굳이 하실 필요는……."

로케 일은 제작부가 전담하기 마련인데.

하지만 성시우는 천불천승에 나오는 쌍봉우리 섬이란 특징 때문에, 두 눈으로 확인해야 직성이 풀리는 듯했다.

그래서 나는 도움을 조금 노골적으로 주기로 했다.

"콜록! ……감독님 콜록! 영청도 콜록!! 서해안 영청도 콜록콜록!"

며칠 후, 성시우가 영청도로 로케를 결정했다는 소식을 전해 왔다.

"작가님, 혹시 영청도 직접 가보고 글 쓰신 거 아닙니까? 천불천승에 나오는 섬이랑 완전 똑같이 생겼던데요? 진짜 대박인 건 숲속에 쓰러진 장승과 불상이 간간이 보이는 게 진짜 대박이에요!"

당연하지, 그 섬 보고 아이디어가 떠올라서 쓰기 시작한 건데.

베이스캠프와 낡은 절을 만들 미술팀 역시 이카루스 연락망을 통해 접선할 수 있었다.

한편, 이미 전작으로 재미를 톡톡히 본 임원진들은, 일본 자본까지 합세한다는 얘기를 듣자마자.

"닥치고 회삿돈 좀 가져가시게!"

완벽히 태세를 전환하여 연나연과의 미팅을 끝마쳤다.

얼마 후, [죽되놈] 제작 스텝들 재집결의 외침이 성시우의 폰에서 교교히 울려 퍼졌다.

생업에 종사하던 그들은 하던 일을 잠시 멈추고 성시우의 부름에 응답했다.

돈.

세상에서 가장 중요한 돈.

그 돈이 들어온 것 하나만으로 모든 게 이렇게 급물살을 탔다.

나 역시 [천불천승의 섬] 엔딩을 제외한 16화까지 4월 첫째 주 금요일에 완성 짓고 마코토에 보내 오케이 사인을 받았다.

그렇게 돈이 돌기 시작하며 본격적으로 [천불천승의 섬]의 제작에 시동이 걸리자, 실버스틱에서 사내 오디션 지원자들의 신청서가 몰려들었다.

성시우는 외마디 비명을 질렀고, 연나연은 외부에서 찔러 넣는 신청서를 칼같이 쳐내느라 바빴다.

특이한 점은 조연과 주연을 따로 뽑는데, 박 터질 것 같던 조연 경쟁률과 달리 주연 쪽은 한산했다.

거의 지원이 없었던 것이다.

내가 모르는 뭔가라도 있는 건가?

"현림 씨를 인정한 거 아니겠어요?"

로비 의자에 늘어져라 기대 팔베개를 하던 성시우가 대답했다.

"인정요?"

"지원자들 다 비슷한 심정 아닐까요? 서류 붙어도 현림 씨가 경쟁자인 이상 어차피 못 이긴다, 괜히 미움 사지 말고 조연이나 노리자…… 이런 마인드."

"허…… 그야말로 알아서 꼬리를 내렸다는 거네요."

"그럴 만도 한 게, 여기서 연기 실력이 출중한 편인 정우람 씨도 한 방에 나가떨어졌는데 전의가 생기겠어요?"

그러고 보니 정우람도 있었군.

하도 많은 일들이 있어 까맣게 잊고 있었는데.

"정우람도 이번에 오디션 지원하나요?"

"네? 그 사람 여기 나갔는데요?"

성시우가 몰랐냐는 듯 물었다.

"나가요? 언제요?"

"좀 됐어요. 난 당연히 알고 계실 거라 봤는데."

"……실버스틱에 배우 한다는 사람이 한두 명도 아니고."

"연 실장님이 말렸는데도 의지가 확고해서."

의외였다. 정우람의 행보는 살짝 예상외다. 이 악물고 여기 붙어 있을 줄 알았는데.

난 그리 깊게 생각하지 않기로 했다.

굳이 그런걸 알고 싶진 않았으니까.

한편.

실버스틱 메인 라운지 TV에는 흥미로운 장면이 나오고 있었다.

-그러니까, 감독님은 웹 드라마를 통해 신진 배우들의 등용문이 되어 주고 싶다는 말씀이시군요.

[네. 그렇습니다. 지금 대한민국에 배우 지망생이 몇 명입니까? 십만이 넘습니다. 그런데, 한 해에 개봉되는 영화는 얼마나 되죠? 많아야 100편입니다. 그럼, 나머지는 다 손 빨라는 얘깁니까? 웹 드라마는 그런 분들에게 등용문 역할을 해줄 수 있다고 생각합니다. 충분히요.]

-그럼 이번에 준비 중인 작품은 어떤 작품인지 시청자 여러분께 소개 부탁드립니다.

[처음 뵙겠습니다. 탁윤재입니다. 제가 이번에 영웅호걸 필름하고 같이 이번 여름에 선보일 웹 드라마는 〈신들이 계시는 어스름 절터〉로 하이틴 공포를 표방하고 있는 작품으로…….]

탁윤재 감독이 TV 예능을 통해 자기 작품 홍보에 나선 것이다.

영웅호걸 필름이 아주 제대로 밀어주려는 듯했다.

'원래 본인 작품 홍보하러 예능 나오는 게 이 바닥 국룰이긴 한데.'

오늘따라 MC의 맞장구가 유난히 매끄러웠다.

-수준 이하의 작품이 범람하는 웹 드라마 시장에 탁

감독님이 새로운 지평을 여시겠다? 이 말씀이시군요.

탁 감독이 여유만만한 미소를 지었다.

[그건 너무 거만한 시점 같고, 그저 지금의 웹 드라마 시장에 하나의 스탠다드 모델을 제시할 생각입니다.]

-그럼, 이번 여름에 새로운 돌풍을 일으키실 〈신들이 계시는 어스름 절터〉, 기대하겠습니다!

띡.

-뉴스입니다. 따스한 봄 향기가 물씬 느껴지는 가운데…….

TV 채널을 돌린 성시우 감독이 내 눈치를 살피며 말했다.

"현림 씨?"

"왜 그러시죠?"

"아니 그…… 괜찮은가 싶어서요. 장르도, 시기도 겹치니까, 완전 정면 승부가 됐잖아요."

"그러게요."

"너무 걱정하지 마세요, 현림 씨. 우리 역시 충분히 잘 해낼 수 있으니까요."

'응?'

나는 주먹을 쥐고 파이팅을 외치는 성시우의 얼굴을 보고 피식 웃었다.

아마 내 밍숭맹숭한 대답을 자신감 결여로 받아들인 모

양이었다.

"하하."

물론 영웅호걸이 웹 드라마를 이렇게 팍팍 밀어 줄 줄은 몰랐다.

하지만 나는 긴장감보다는 격세지감을 느꼈을 뿐이다.

"감사합니다. 성시우 감독님. 말씀만으로도 든든합니다."

"넵. 현림 씨. 만약 힘드신 일 있으면 언제든지 말씀하세요. 저하고 연 실장님이 최선을 다해 도울 테니까. 그럼 전 이만 오디션 준비를 해야 해서⋯⋯ "

그는 주섬주섬 짐을 챙겨 일어설 준비를 했고, 나는 그 모습을 잠시 보다가 입을 열었다.

"감독님."

"네?"

"이제 말 편히 하세요."

성시우는 뜨악하더니 가만히 날 바라봤다. 내 말의 의중을 파악하려는 것처럼 보였다.

하지만 예전부터 해 온 생각이었다.

"저보다 형이시잖아요."

"그렇긴 한데."

거의 10살 차이지.

"게다가 어엿한 감독님이시고."

"그것도 맞기는 한데."

성시우는 쭈뼛거리고 있었다.
"남들은 우리를 이상하게 볼 수도 있어요."
"나는 그래도 괜찮은……."
나 참 고집은.
"제가 안 괜찮고 제가 안 편해요. 감독님."
감독은 개 같은 놈으로 보여도 괜찮지만 우습게 보이면 안 된다.
성시우가 10살 연하인 나에게 꼬박꼬박 존댓말을 하는 모습은 자칫 다른 사람들에게 우습게 보일 위험이 있었다.
그런 꼬락서니를 보고 싶진 않았다.
성시우는 잠시 눈을 감았다 떴다.
"그럼 나도 부탁 하나 하자."
"말씀하세요."
"편한 자리에서는 형이라고 불러. 말도 편하게 하고."
"저는 이대로도 괜찮……."
"제가 안 괜찮고 제가 안 편해요. 배우님."
……내 주장에 내가 당했군.
"……알았어, 형."
"굿. 그럼 이제 난 오디션 준비하러 가 볼 테니까 나중에 보자, 현림아."
동생한테 반말 듣는 게 뭐 그리 신나는지, 성시우는 활짝 미소 지었다.

한편, 커뮤니티에는 영웅호걸 알바로 보이는 게시글들이 나타나기 시작했다.

-일본 놈 돈 받아서 웹 드라마 찍는 데가 있다는데?

첫 게시글 제목이었다.

3장

3장

 탁윤재 감독이 올여름 웹 드라마 업계를 강타하겠다는 호언장담을 하자, 인터넷 커뮤니티의 반응은 나름 뜨거웠다.

 -웹 드라마 간다고?
 -탁 씨 노선 갈아타는 거임?
 -새로운 시도는 언제나 추천이야!
 대체로 의아하다는 반응이었지만, 그가 선택한 장르에 대해선 환영하는 분위기였다.
 -선택은 잘한 듯?
 -공포물이라…… 하긴 요새 공포가 씨가 말랐긴 했어.
 -영웅호걸의 탁 감독이라…… 괜찮은 조합이라고 생

각하면 개추 ㅋㅋ

여파는 실버스틱에도 퍼졌다.

지망생들이 이카루스의 유현림과 성시우를 바라보는 시선이 묘해진 것이다.

그도 그럴 게, 영웅호걸과 탁 감독에 비하면 저 둘은 커리어도, 유명세도 미약하기 그지없었으니까.

성시우도 그런 시선을 알고 있었다.

유현림에게는 걱정하지 말라고 했지만 그건 동생을 안심시키기 위해 한 말일 뿐, 정작 자신은 걱정이 솔솔 피어올랐다.

그래서 동갑이면서도, [죽되놈] 촬영 기간 동안 가장 친해진 이제성 PD를 찾아갔다.

"영웅호걸은 상남자 컨셉의 제작사야. 아직 규모는 크지 않지만, 자기 색깔이 뚜렷해서 팬층이 확실해."

이제성 PD의 이야기를 성시우의 표정이 살짝 어두워졌다.

팬층이 확실하다…… 이 얘기는 웹 드라마를 만들 때 어느 정도 조회 수를 깔고 들어간다는 얘기다.

"너무 걱정하지 마. 시청자들이 아, 이거 봤으니까 저건 안 봐야지 이러진 않잖아. 이것도 보고 저것도 보고 그런 거지. 치킨 게임도 아닌데."

"……그렇겠지?"

"그러엄."

'말은 이렇게 해도 신경 안 쓰일 리 없겠지만.'

이제성은 성시우가 안쓰러웠다.

[죽되놈]으로 이제 날개 좀 펼친다 생각했는데 느닷없이 시련이 닥쳤다.

영웅호걸의 탁윤재.

270만을 찍어 본 감독으로, 특유의 피카레스크 취향만 아니었다면 그보다 더한 성취를 이루었을 거라 평가받곤 했다.

경험으로 보나 커리어로 보나 이제 겨우 웹 드라마 하나 찍어 본 성시우가 비벼 볼 상대가 아니라는 얘기.

"으어어어."

좀비 같은 신음을 내뱉으며 괴로워하는 성시우.

이제성은 그 모습을 가만히 보다가 한마디 꺼냈다.

"걔는 뭐래?"

"누구?"

"현림이."

"아, 현림이? 걔는 평소하고 똑같아."

"이제 말 좀 편하게 하나 봐? 전에는 걔 없는 자리에서도 존댓말 했잖아. 잘됐다, 야. 그때도 네가 너무 숙이고 들어가는 듯싶었는데."

머리를 쥐어뜯을 기세였던 성시우는 멈칫하더니 다시 자리에 앉았다. 유현림 얘기를 하니까 침착을 되찾은 모양이었다.

"걔가 먼저 편하게 대해 달라고 하더라. 어쨌거나 현림이는 별다를 게 없어. 그게 뭐 대수냐는 반응이야."

"흠…… 영웅호걸이 어떤 곳인지 잘 모르나?"

"알더라. 네가 했던 얘기 걔가 이미 한 번 쭉 읊었어."

"그래? 그런데 그런 반응이라고?"

"나도 그게 좀 이상해. 하지만."

"하지만?"

성시우는 어깨를 으쓱했다.

"어쩌겠어? 같이 가야지."

영웅호걸 쪽 소식에 걱정이 피어오른 건 맞지만, 성시우는 유현림의 대본을 보는 순간 확신이 들었다.

'이건, 대박이야.'

섬에 가득한 요괴들에게 포위당한 군인들.

외부의 위협과 내부의 갈등으로 와해되기 직전의 상황. 그런 그들을 두고 서로 생각이 갈리는 윤선우와 김태학.

이런 3첩 갈등을 베이스로 쉴 새 없이 몰아치는 서사.

오죽하면 '왜 이걸 웹 드라마에?' 라는 생각까지 들게 만들 퀄리티였으니까.

'차라리 영화 아니면 미니시리즈로 만드는 게 더 나을 텐데.'

뭐, 어디에다 어떤 작품을 낼지는 작가의 마음이라지만

그래도 아까운 건 아까운 거다.

 그만큼 자신의 마음에 쏙 드는 대본이었다.

 다만 유일하게 걸렸던 허들은 '제작비.'

 장승과 불상, 컨테이너와 철조망으로 이루어진 베이스캠프, 낡은 절은 물론 분장한 요괴들이 대거 등장한다.

 제작비가 결코 낮을 수 없다.

 그런데?

 제작비조차도 미쓰이 측의 투자로 부담을 덜게 되었다.

 대박인 대본과 빵빵한 해외 투자.

 어라? 잠깐만?

 "……제성아."

 "그래. 나도 안다. 너 걱정 많이 되는…… 응?"

 관성으로 위로해 주려던 이제성은 성시우에게서 뿜어져 나오는 기운에 당황했다.

 "뭐야? 갑자기?"

 "제성아. 나, 현림이가 왜 그러는지 알 것 같아."

 "어?"

 "이거…… 해 볼 만한 것 같다."

 "뭐가?"

 "영웅호걸과 붙어 볼 만한 것 같다…… 아니, 존나게 붙어 볼 만한 것 같다고!"

 갑자기 변한 친구의 태도에 당혹해하던 이제성은 아 하

더니 이내 측은한 표정으로 바뀌었다.

'얘가 드디어 실성했구나.'

* * *

시민대학교 조선 중세사 강의 시간.

김선일은 경악했다.

"드디어 미쳤구나, 현림아."

오덕환은 발끈했다.

"이 자식! 내가 존경하는 분한테 그게 무슨 망발이냐!"

교수는 탄식했다.

"거기 셋, 떠들 거면 나가서 떠들고 와라. 수업 방해하지 말고."

나는 웃었다.

"들었지? 둘 다 빨리 나가."

수업 듣는 데 방해되잖니.

둘은 나가지 않고 버텼다. 물론 그게 안 떠든다는 얘기는 아니었다.

"덕환이 얘가 한 게 뭐가 있다고 100만 원을 툭툭 던져줘? 꼴랑 그림 몇 장 그린 게 전부 아냐?"

"선일이 너 같은 놈들 때문에 대한민국이 헬조선이 된 거라고. 고오급 인력들이 헐값에 갈려 나가니까. 현림이 보고 반성 좀 해라."

결국 김선일과 오덕환은 교수 이마에 힘줄이 돋아나는 것도 모르고 계속 떠들다 쫓겨나고 말았다.

잘됐군. 내 양옆에 스피커가 사라지니 이제 좀 조용해지는 듯 싶었다.

"유현림, 너도 나가."

젠장.

강의실 문을 나서니 오덕환이 반겨 주었다.

"역시 현림이야! 우리 들어오라고 전해 주려고 왔구나?"

"아니, 나도 쫓겨났어."

하…….

이 몸의 주인은 얘네 둘한테 별 관심이 없던 게 틀림없다.

이카루스 사람들은 보자마자 과거나 성격이 팍팍 떠올랐는 데 반해 얘네는 하루 종일 같이 있어도 감감무소식이니 말이다.

하다못해 오덕환이 입이 가볍다는 정보만이라도 알게 해 줬다면 그림값을 쥐여 주기 전에 단단히 입막음했을 텐데.

바로 김선일에게 자랑할 줄이야.

덕분에 선일이는 심사가 비틀려 버렸고, 결국 이렇게 다 같이 쫓겨나게 되었다.

"에이씨, 수업 끝나면 저 교수 긁고 만다."

툴툴거리며 화장실로 향한 오덕환. 복도에는 나와 선일

이만 남게 되었다.

"현림아, 작품 준비는 잘돼 가?"

김선일이 물었다. 진짜 궁금해서 묻기보단, 복도에 둘만 남은 이 상황의 어색함을 털어 내려는 목적이 더 강해 보였다.

"나름. 대본 준비됐고 투자 약속도 받아 냈으니, 감독님 사단 다 모이면 바로 시작할 거야."

"우와 벌써? 개쩌는데?"

"벌써라니, 이렇게 해야 여름까지 마무리할 수 있어."

"확실히 프로는 다르네. 공포라고 했나?"

"그렇지. [천불천승의 섬]. 보게 되면 좋아요 댓글 구독 부탁드린다고."

"크크…… 물론이지. 아참! 너, 저번 주에 일본 갔다 왔다 했지?

"응. 그런데?

"별건 아니고…… 내가 자주 가는 커뮤니티가 있거든. 거기서 얼마 전에 글이 하나 올라왔어. 이거 좀 봐 봐."

김선일은 그 말과 함께 핸드폰을 꺼내 내게 보여 주었다.

그가 말한 커뮤니티는 여러 취미를 포괄적으로 다루는 커뮤니티였는데, 영화/드라마 탭에 한 게시글이 올라와 있었다.

[일본 놈 돈 받아서 웹 드라마 찍는 데가 있다는데?]

본문에는 직접적으로 어디인지는 명시하지 않았지만, 최근 웹 드라마로 재미를 본 적 있다고 적혀 있었다.
명백히 이카루스를 저격하는 글이었다.
그 밑에는 댓글이 꽤 달려 있었다.

-아 진짜? 매국 드라마임?
-일본 영화 후진국 아님? 뭐가 아쉬워서 일본 돈 받아서 찍음?
-돈 받을 수도 있지 뭘... 범죄도 아니고ㅇㅇ
　ㄴ상관없긴 하지ㅋㅋ 그런데 굳이?

대놓고 불호는 아니지만 묘한 기분이 들었다.
마치, 개구리를 삶기 위해 온도를 높여 가는 누군가의 모습이 선명하게 그려졌다.
김선일이 걱정스레 말했다.
"요새 이쪽에 탁윤재하고 영웅호걸 관련 글만 집중적으로 올리는 고닉 몇 명 있거든. 그중 하나가 올린 글이야."
"……이런 글, 많아?"
"아니, 일본 운운한 게시글은 아직 이거 하나야. 근데 느낌이 싸해. 뭔가 뭔가임. 별로 느낌이 좋지 않네."

동감이었다.

영화나 드라마는 배우와 아이돌 판이 엮여서인지 헤비하게 파고드는 사람들이 많다.

그중엔 업계 관계자가 아닐까 싶은 정도인 사람은 물론 어디가 어디에 투자받았다느니 온갖 정보를 꿰고 있는 능력자들도 많다.

하지만 이 글은 그런 사람들의 글하고 궤가 다르다.

어딘지 모르게 '업자' 같은, 더 정확히 말하면 댓글단 냄새가 느껴졌다.

출처가 어디일까는 어렵지 않게 추측할 수 있었다.

'영웅호걸이군.'

티비 인터뷰에 이어지는 알바글 2연속 콤보.

느껴진다, 우리를 향한 적의가.

처음엔 주동현 때문인가 생각했는데, 이카루스와 나, 주동현의 관계를 생각한다면 이 정도까진 아니었다. 그 위다.

'탁윤재 감독인가?'

그러면 고개가 끄덕여진다. 충분히 그럴 만했으니까.

탁윤재.

기본 속성은 꼰대.

서신산 역시 꼰대지만 꼰대라고 다 같은 꼰대가 아니다.

백강림 시절의 내가 아는 그는 인간 자체가 치졸하고

뒤끝이 한도 끝도 없이 긴, 전형적인 소인배였다.

특히 젊은 배우들을 자기 곁에 둬서 이리저리 휘두른다는 썰은 일상다반사로 들어 왔는데.

그 과정에서 자세한 얘기를 들어 보면 그야말로 가관이다.

사냥감을 발견하면 처음엔 형인 것처럼 살갑게 굴며 잘해 주다가, 시간이 지나면 슬슬 본색을 드러낸다.

개인 기사처럼 휴일에도 불러 운전하게 하거나, 장 보는데 옆에서 바구니 들고 따라다니게 하거나, 심지어는 사비로 개인 물건을 구매하게 하고 나중에 돈 준다고 해 하고는 입을 싹 씻는다는 등 아주 대단하신 에피소드들이 많았다.

'지금 시대가 어느 땐데.'

어처구니가 없어 헛웃음만 나왔다.

"선일아. 이런 글 추가로 올라오면 나한테 나중에 링크 좀 보내 줘."

탁윤재.

진짜 아무것도 모르고 뛰어드는구나.

* * *

실버스틱은 한창 [천불천승의 섬] 남자부 오디션이 진행 중이었다.

메인 라운지를 가득 채운 지원자들은 대부분 20대였다. 그들은 자기 번호가 호명되면 오디션장으로 들어갔고, 뿌듯하거나 시무룩한 표정으로 나오곤 했다.

두억시니와 그슨대 역을 뽑는 여자부 오디션은 이틀 뒤라고 했는데, 여기 역시 남자들만큼이나 많은 지망생이 지원했다고 한다.

군인이라 연령대가 2030으로 한정되는 남자와 달리, 중간보스인 그슨대는 얼굴이 온통 머리카락으로 가려져서 나이에 구애받지 않기 때문이었다.

"현림 씨 말대로라면 우리도 방법을 취해야겠는데요?"

메인 라운지 뒤편에서 오디션을 지켜보던 연나연이 말했다.

"아쉽네요. 이쪽은 선의의 경쟁을 하고 싶었는데 선공을 치다니."

"제 확대 해석일 수도 있습니다."

"그렇다고 해도 조심해서 나쁠 건 없죠. 그러면, 내일 모레는 제가 연차를 내니까 그다음 날까지 한번 지켜보자고요."

"연차? 어디 가시나요?"

"뭐 저도 사람이다 보니까 리프레시가 있어야죠."

말을 마친 연나연은 밝게 웃었다.

…….

뭐지?

순간적으로 위화감을 느꼈다.

저건 밝은 웃음이 아니다. 밝은 척하는 웃음이다.

"음? 왜 그러세요? 뭐 묻었어요?"

내 시선에 이질감을 느꼈는지 연나연이 자기 얼굴을 만졌다.

"……아뇨."

말을 얼버무렸지만 확신했다. 방금 저 웃음은 연나연이 본능적으로 만든 가면이라는 것을.

감정을 감추기 위한 가면.

일렁이는 호기심을 애써 억눌렀다.

파헤쳐 봐야 좋을 게 없다며.

"그러면, 리프레시 제대로 하고 오세요."

"고마워요."

실버스틱 회사 화장실.

"으어어어……."

어느 좀비의 울음소리가 울려 퍼졌다.

그 좀비의 이름은 바로 성시우. 남자부 오디션을 보는 동안에는 얼굴에 기름기가 쏙 빠지더니, 여자부 오디션을 보니까 눈빛마저 퀭해졌다.

"뭔 일 있어, 형?"

세면대를 붙잡고 곡을 하던 성시우가 나를 보자 반색했다.

"아이고, 현림아 나 죽겠다. 도와주라."

와락 달려드는 것을 본능적으로 피한 다음 다시 물었다.

"오디션 보는 거? 여자부 오디션 시작된다고 헤실거리며 들어갈 땐 언제고?"

"실은……."

그렇게 성시우의 한탄이 시작되었다.

처음, 여자부 오디션장에 들어갈 때만 해도 행복해 죽을라고 했단다.

이틀 내내 남자들 기합 꽉 들어간 목소리와 흉근 복근만 대하다 보니, 여자부가 훨씬 선녀 같아 보였댄다.

"아니, 처음부터 남자 여잔데 오디션 없더라도 당연히 여자가 더 선녀 같아야지."

"……조용!"

문제는 여자부 오디션이 두억시니와 그슨대를 뽑기 위한 목적이었다는 것.

그슨대는 한 맺힌 목소리와 살벌한 눈빛을, 두억시니는 주온처럼 꺼거거거꺼꺼꺼꺽 소리를 내다가 미친 것 같은 웃음을 어필해야 한다.

즉 성시우 감독은 어제 하루 내내 여자들 한 맺힌 목소리와 살벌한 눈빛을 다 견뎌야 했고, 주온 목 꺾이는 소리와 웃음 역시 혼자 다 들어야 했다는 얘기.

"현림아…… 사람은 왜 사는 걸까? 굳이 살아야 할까?"

"……."

네거티브 에너지가 옮겨 붙었군.

귀신들만 상대하다 보니 사람이 음침하게 변해 버렸다.

나는 한숨을 폭 쉬곤 전생에서의 극약처방을 내밀기로 했다.

"그런 건 형 부모님께 여쭤봐."

"……음."

예전 생에도 효자 그 자체였던 성시우는 고개를 젓더니 머리를 긁적였다.

"하긴, 내가 부모님 얼굴 봐서라도 그딴 소리 하면 안 되는 거지."

"아무튼, 후보들은 뽑았어?"

성시우가 힘차게 고개를 끄덕였다.

"남자는 다 뽑았고, 여자는 이따 오후까지 봐야 확정 짓겠지만 조금씩 윤곽이 잡히고 있어."

"빠르네."

"너 덕분이지 뭘. 캐릭터가 분명하게 뽑혀서 고르기 쉽더라."

여기까지 얘기를 마친 우리는 화장실을 나왔다.

"여자들 좀 힘들면 이제성 PD님한테 도움 청해 봐. 이번에도 여기 배정됐으니까."

성시우가 오디션 보는 걸 도와주고 싶다 하더라도, 배

우인 내가 나서면 곤란하다.

사람들 사이에 뒷말이 오가기 마련이니까.

성시우는 고개를 저었다.

"그 사람 지금 제작부 업무 지원만으로도 머리 터질라 하더라."

"업무 지원?"

"군복이나 총기류 같은 건 영화 소품 업체하고 얘기하면 되니까 어렵지 않지만, 장승과 불상은 얘기가 좀 다르거든. 무섭게 만들려면 결국 수작업 들어가야 하고, 그러면 또 비용이 뛰니까. 이 부분이 골치 아픈가 봐."

"장승 불상? 그거 그냥 얼굴 부분만 따로 만들어서 기존 몸체에 붙이면 되잖아."

순간, 성시우의 얼굴이 한 대 맞은 표정이 되더니 주먹으로 손뼉을 쳤다.

"오! 역시 현림이!"

너무 감탄하는 걸 보니 살짝 죄책감이 느껴지기도.

느껴졌다. 원래, 그 아이디어는 성시우의 것이었기 때문이다.

이번에는 다들 시간이 부족해서 내가 귀띔을 해 주긴 했지만.

"그럼 나는 다시 심기일전하고 들어가 볼게."

여자 오디션장으로 들어가는 성시우의 표정이 전쟁터에 나가는 장수처럼 비장했다.

…….

성시우는 그날 남자 조연과 여자 조연을 모두 뽑았다.

그들이 누구인지는 안 봐도 훤했는데, 실버스틱에서 누구보다 환한 미소를 지으며 돌아다녔기 때문이다.

웃기는 건, 누가 시키지도 않았는데 내게 와서 인사를 시작했다는 점이다.

"안녕하세요!"

"……네? 아 네. 안녕하세요."

"안녕하세요, 배우님! 좋은 아침입니다!"

"……."

오디션은 성시우가 봤고, 뽑는 것도 그가 뽑았다. 나한테 인사할 필요는 없는데도.

그러던 와중, 내게 또 인사를 해 오는 이가 있었다.

"안녕, 현림아."

임하영이었다. 그녀 역시 이번 오디션에 합격했다.

"그냥 뭐…… 누나. 그나저나 축하드려요, 이번에도 같이 작품 하게 되었네요."

임하영의 역은 그슨대였다.

두억시니 역은 서혜령이라는 사람이 되었는데, 성시우 피셜 30대라는 어린 나이에도 불구하고 포스 있는 용모와 눈빛이 인상 깊었다고 한다.

"감독 오빠가 좋게 봐 줘서 그렇지 뭐."

"시우 혀…… 감독님은 좋게 봐 주고 그런 거 없어요.

누나 실력이 좋아서 뽑힌 거죠."

"후후. 고마워, 현림아."

"……?"

임하영은 미소 지었다.

나는 그 미소에서 위화감을 느꼈다. 웃고 있는데 생기가 느껴지지 않았기 때문이다.

"그러고 보니 요사이 보이지 않았는데 무슨 일이라도 있어요?"

"……푸홋. 현림이 누나한테 관심 가져 주는 거야?"

"그렇다고 치죠."

놀랍게도 그녀는 다시 한번 받아치는 대신 로비 의자에 등을 기댔다. 나로서는 처음 보는, 지친 표정이었다.

"대단한 건 아니고…… 집안에 가벼운 트러블이 있어서."

대단하고 안 가벼운 트러블인가 본데.

"금방 해결될 거야. 관심 가져 줘서 고마워."

금방 해결 안 되겠지만, 오픈하고 싶지 않으니 파고들지 말아 달라는 얘기였다.

굳이 캐묻지는 말아야겠다고 생각했다. 나중에 기회가 되면 스스로 오픈하겠지.

"무슨 일이 생겼는지 모르지만 얼른 정리했으면 좋겠어요."

"알았어. 힘내 볼게."

힘없는 목소리였다.

* * *

캐스팅은 끝났다. 주연부터 단역까지 전부 실버스틱에서 충당한, [천불천승의 섬] 출연진들이 모두 갖추어졌다.
꽤 치열했던 조연과 달리 주연 오디션은 한가하다 못해 지루할 정도였다.
"어쩌겠어? 나머지는 기권표 던졌는데?"
성시우는 푸짐하게 웃으며 내 등을 두드렸다.
"그래도 고작 한 명이라니."
그 한 명도 나와 경쟁을 하기 위해 온 게 아니었다.
"잘 부탁드리겠습니다!"
"아, 네."
"액터 4팀 김선우라고 합니다! 일전에 한번 인사드린 적이 있습니다!"
"네……."
"다시 한번 잘 부탁드리겠습니다!"
"……선우 씨? 이쪽 봐 주시겠어요?"
성시우가 재촉하자 그제야 다시 앞을 바라보는 그. 대체 왜 오디션 장소엘 와서 나한테만 인사하는 건지.
'여기에 온 목적이 다른 것 같군.'
…….

오디션 결과?

예상대로였다.

그가 연기한 윤선우는 어설펐다.

어설픈 고뇌를 드러냈고, 감정선도 잔잔한 파동만을 그릴 뿐, 캐릭터의 감정에 전혀 닿지 않았다.

성시우의 표정이 살짝 굳어졌다.

그가 지금 무슨 생각인지 나 역시 정확히 알 수 있었다.

왜냐고?

나 역시 똑같은 표정이었으니까.

"걸그룹 영상만 보느라 공사다망하신 우리 국군 장병 여러분께 고한다. 뉴스 본 사람이 있을지 모르겠지만 우린 해군기지 준비 중인 섬으로 간다. 단단히 준비하도록."

저 대사를 해맑은 표정으로 치다니. 캐릭터에 이입이 전혀 되질 않았다.

나머지는 보나마나였다.

"연기 잘 봤습니다. 선우 씨."

사람 좋은 성시우의 이마에 힘줄 한 가닥 솟을락 말락 했다.

"감사합니다!"

성시우는 김선우가 잠시 시선을 돌린 틈을 타 작게 한숨을 내쉬었다.

그리고…… 다음은 내 차례였다.

"그러면 유현림 씨."

"네. 이번에 [천불천승의 섬]의 윤선우 역에 지원한 유현림이라고 합니다. 잘 부탁드립니다."

나는 꾸벅 인사를 한 후, 성시우를 가만히 바라보았다. 그가 어떤 씬, 어떤 장면을 디렉팅할 것인지 기다리면서.

"그럼 유현림 씨, 우선은……."

…….

오디션이 끝나고, 나는 성시우와 몇 가지 얘기를 더 나누곤 오디션장을 나왔다.

그러자 밖에서 기다리고 있던 김선우가 달라붙었다.

"와 오늘 정말 멋졌어요. 현림 씨."

바로 호들갑을 떨었다.

"윤선우가 참 복잡한 내면을 가진 캐릭터였군요. 항상 강직한 모습을 보여 주지만, 그 내면에는, 아버지에게 인정받고자 발버둥 치는 아이가 있었다니."

"……안 가셨어요?"

나는 뾰족하게 받아쳤다.

"얘기를 나눠 보고 싶어서요. 어쩌면 그렇게 글도 잘 쓰시고 연기도……."

"저는 하고 싶지 않아요."

"……."

그제야 김선우는 내 표정을 알아차리곤 어색한 표정으로 입을 다물었다.

"어, 그럼…… 저는 이만 가 보겠습니다."

나는 그의 뒷모습도 보지 않고 미련 없이 등을 돌렸다. 나는 정말이지 나누고 싶은 말이 없었다.

* * *

이카루스 사무실.

"왜 그렇게 골이 나 있어, 현림아?"

오덕환이 답지 않게 내 눈치를 보며 물었다.

"뭐 안 좋은 일 있어? 내가 도와줄까?"

"……그냥 궁금해서 묻는 건데."

"……?"

"만약 너가 뭔가를 굉장히 좋아하는데, 남이 그걸 쉽게 여기면 어떨 것 같아? 그게 고의든 아니든 간에."

"이를테면 피규어나 굿즈 같은 거?"

"응. 비슷해."

"당연한 걸 묻네? 빡치지. 그걸 말이라고."

"그래?"

"물론이지! 그걸 조롱하고 뺏고 낙서하고…… 그런 개 같은 놈들은 천벌 받을 거다!"

오덕환의 눈에 핏발이 섰다. 아마 가슴 아픈 과거가 떠

오른 듯싶었다.

"그렇지?"

"당연하지!"

격하게 고개를 끄덕이는 덕환.

이야, 내가 오덕환에게 힐링을 받을 줄은 몰랐다.

그러고 보니 덩치도 산 만하고 다부진 표정인 게 의외로 든든하단 말…….

"그래서, 어떤 피규어인데?"

"…….'

"피규어 얘기하는 거 아니었어?"

기대한 내가 바보였다.

시간을 되돌려 아까로 돌아가 김선우에게 한마디 해야 한다면, 꼭 한마디 해야 한다면 이 말을 하고 싶었다.

'연기를 뭐라고 생각하십니까?'

가벼운 마음으로 인맥 놀이하러 나온 그에게 진심으로 묻고 싶었다.

이런 말이 있다.

-오늘 네가 무의미하게 보낸 하루는 어제 죽어 간 사람들이 그토록 살고 싶어 하던 내일이었다.-

그 말이 이번 케이스에 적용되는지는 모른다.

그래도 나는 비슷하다고 생각한다.

나는 배우를 갈망했다. 화면에, 스크린에 서는 그날을 깨어서도 꿈꿔왔고, 잠들어서도 상상했다.

마침내 그게 이루지 못한 꿈이었음을 깨닫자, 나는 대본을 쓰면서 나의 꿈을 대신 이루어 줄 누군가를 찾았다.

그리고 깨달았다.

이 꿈은, 갈망은 나만이 충족시켜 줄 수 있음을.

그 누구도 대신할 수 없음을.

평생을 해소할 수 없는 갈망 속에 살아온 나는 감사했다.

이 몸에 들어왔음을, 다시 일어설 수 있게 되었음을.

그래서 김선우 같은 인물을 보면 말하기 힘든 부정적인 감정이 솟아올랐다.

성시우 역시 나와 비슷한 감정이었을 것이다.

그 역시 오랫동안 하나만을 꿈꿔 왔다. 기회의 소중함을 잘 안다.

그랬기에 그 역시 김선우에게 화가 났을 것이다.

기회를 우습게 알고 가볍게 나온 그에게.

아마 김선우 그 친구는 나와 성시우가 버티고 있는 한 이카루스에서 발탁될 일은 없을 것이다.

턱.

응?

오덕환이 진지한 눈빛으로 날 바라봤다.

"피규어가 아니면 굿즈냐? 뭐든 말만 해. 가슴 아픈 경험을 겪어 본 선배로서 최선의 조언을 다할 테니까."

"……그러니까 그거 아니라고!"

덕환이는 오디션장에 있었던 일을 듣자 심드렁한 표정이었다.

"아직도 정신 못 차린 애들 굳이 신경 쓰지 마. 너 갈 길 가기도 바쁜 거 아니었어?"

"……그래."

이놈도 은근히 속 깊은 애길 한다니까.

그 말이 맞았다.

나는 내 꿈을 좇기 바쁘니까.

그 꿈을 살아갈 것이다.

* * *

일본에서 사람들이 건너왔다.

미쓰이 소속 배우 나츠와, 매니저라고 쓰고 스텝이라고 읽는 남자 9명이었다.

[천불천승의 섬] 제작비 30퍼센트를 대주실 귀중한 스폰서 손님이다.

당연히 친절하게 대해 주는 게 옳았지만, 우리의 첫 대면은 찬바람 싸늘하기 그지없었다.

'사이에 낙엽 한 잎만 떨어져도 훨씬 그럴싸했을 텐데, 봄이라 아쉽군.'

이유는 간단했다. 얘네가 우리 노하우를 습득하기 위해 왔다는 것을 알 사람은 다 알기 때문이다.

스폰서기 때문에 백안시하지는 못하겠지만, 그렇다고 기술 좀 날먹하러 왔습니다 하고 온 사람들을 격하게 환영하기도 애매했다.

다만, 나츠는 얌전한 범생이 같은 외모가 허풍이 아니라는 듯 눈치 없이 해맑은 모습을 보였다.

"잘 부탁드립니다!"

"한국말…… 할 줄 아시네요?"

이제성 PD가 놀라서 반문했다.

"유학 온 한국인 친구하고 많이 친해져서 한국말은 어느 정도 가능합니다."

오, 바다 건너온 유학생들과 공부와 정보 교류를 통해 피어나는 언어학습의 장…… 모든 유학생의 로망.

"롤은 국적을 초월하니까요!"

"……"

공부가 아니고 게임이었군.

"물론 한국말에도 관심이 있습니다!"

공부를 열심히 했다는 그의 말은 허풍이 아닌 듯, 한국말은 상당히 유창했다.

"굉장하군요. 그래도 일단은 통역사를 붙일 겁니다."

이제성 PD가 말했다.

나츠는 한국말 실력을 자랑할 기회를 놓치자 대놓고 아

쉬운 표정을 지었지만, 곧 납득했다.

일상이라면 모를까, 커뮤니케이션이 중요한 현장이니만큼 어쩔 수 없다는 걸 그 역시 인지하고 있었다.

"그러면 일단 스텝분들은 숙소를 정해 놨으니까 그쪽에서 대기하다가 촬영 일정에 따라 움직여 주면 되겠습니다."

이제성 PD가 스케줄 표를 나눠 줬다.

"그럼, 앞으로 잘 부탁드리겠습니다."

응?

나츠에 이어서 일본 스텝들도 한국말로 인사를 건네왔다.

"이상한데."

숙소로 향하는 그들의 뒷모습을 보면서 이제성 PD가 중얼거렸다.

"동감이에요."

나 역시 옆에서 고개를 끄덕였다.

미쓰이라…… 말만 일본이지 한국인들만 가득한 회사 같았다.

* * *

연나연 실장은 한동안 사무실에 틀어박혀 나오지 않았다.

출근하면 바로 사무실로 직진했고, 퇴근 시간이 되어서

야 나오곤 했다.

때때로 사람들이 화장실 가는 그녀와 마주칠 때도 그저 말없이 목인사만 나눌 뿐이었다.

그래서일까.

"안녕하세요. 오랜만에 보네요."

나연 실장이 먼저 내게 인사를 건네 오자 조금 놀라웠다.

"……요새 얼굴 보기 힘드네요, 현림 씨."

"그거야 실장님이 사무실에만 있으니까요."

"그런가요? 후훗. 요새 좀 정신없기는 하네요. 연차 후폭풍이 아주 그냥."

풀어 헤친 머리가 건조한 사무실 공기에 잔머리들만 살짝 치켜 올라갔고, 그 아래 화장기 하나 없는 연나연의 수수한 얼굴이 보였다.

뭐, 저래도 로비를 돌아다니면 지망생들과 구분하기 힘들 미모긴 하지만, 분명 지쳐 보였다.

"진행은 잘 되어 가나요?"

"일주일 뒤에 촬영 시작할 겁니다."

"예상보다 훨씬 일찍 들어가는군요."

"다들 고생 많이 한 덕분이죠."

내 말에 희미한 미소를 짓는 그녀.

"후후, 이제성 씨한테 얘기 다 들었어요. 현림 씨가 많이 도와줬다고."

"뭐 이것저것 제 생각을 말씀드린 게 다입니다. 그것도 타율이 형편없는 조언이었죠."

"겸손은…… 타율 절반의 홈런 타자가 형편없다고요?"

절반씩이나 됐던가? 장승과 불상 가면만 제작하라는 거 하며, 컨테이너는 군대 거니까 비싼 거 살 필요 없이 허름한 컨테이너에 국방색 스티커만 사라고 말한 거 하며 그 외 이것저것…….

'좀 많긴 하네.'

그만큼 전생에서 나와 성시우가 있는 머리 없는 머리 다 짜낸 결과물이었다.

"어디 야구장 가서 그런 얘기 하면 맞아 죽어요."

"하하. 야구장 갈 일이 없어서 다행이네요. 그럼……."

나는 옆으로 물러나는 동작을 취했다. 연나연은 나를 지나치면서 내 어깨를 가볍게 토닥였다.

"현림 씨가 있어 새삼 든든해요."

"이카루스 고점 매입의 위안이 되셨기를."

"고점이요? 초 저점 매입인걸요."

한 번 더 웃고, 연나연은 화장실로 사라졌다.

"후."

왜 저리 힘이 없지?

덕분에 댓글 얘기는 물어보지 못했다.

…….

이카루스 사무실.

"에이 씨."

오덕환은 신경질을 부리다 성혜연이 쳐다보자 바로 안색을 바꿨다.

"왜 그래?"

"아 별건 아니고…… 그냥 글 때문에."

"글?"

"이거 한번 봐 볼래?"

오덕환 옆에 와서 모니터를 같이 보는 성혜연.

화면에는 어느 커뮤니티의 댓글이 가득했다.

―이카루스 이번에 일본 돈 받았다는데?
―매국,,,기업,,,나가라,,!
―그런데…… 한국 돈도 있잖아. 굳이 받아야 해?

성혜연이 이맛살을 찌푸렸다.

"이게 뭐야?"

"이카루스가 일본 돈 받았다는 글에 달린 댓글들이야."

"어디에 올라온 건데?"

"한 군데가 아냐. 대여섯 군데에 비슷한 썰들이 올라오고 있어. 아 씨…… 진짜 무섭네. 이런 게 들켜?"

오덕환은 괜히 짜증을 부렸지만, 성혜연의 생각은 달랐다.

'동현 오빠인가?'

확신은 금물이지만, 자꾸 그쪽으로 연관되는 건 어쩔

수 없었다.

 아무리 그래도 기껏해야 웹 드라마 하나 만든 제작사다. 주동현과 영웅호걸 필름이 댓글 공작한다고 생각하긴 쉽지 않았다.

 영웅호걸 입장에서 이카루스는 누르면 그대로 눌러지는, 애처로운 체급이니까.

 비록 자신들이 전의를 불태우고 있다곤 하지만 그들로선 가소로운 존재일 뿐이다.

 그런데 이렇게까지 한다고?

 '그래도 혹시 모르니까.'

 확인은 해 볼 필요가 있어.

 "덕환아, 잠깐만 기다리고 있어."

 "어? 잠깐. 어디 가?"

 "전화할 곳이 있어서."

 성혜연은 덕환이를 뒤로 하고 복도로 나와 주동현에게 전화를 걸었다.

 그리고, 주동현은 받지 않았다.

* * *

 커뮤니티 게시판에 탁 감독과 [신들이 계시는 어스름 절터] 관련한 글들이 슬금슬금 올라왔다.

[탁윤재 감독의 새로운 웹 드라마, 드디어 베일을 벗다]
[탁 감독, 앞서 나가는 자인가, 아니면 앞서만 나갈 뿐인 자인가?]
[영화산업 실무교육 현장에서 취재하는 탁 감독]
[〈신들이 계시는 어스름 절터〉, 웹 드라마 계에 던지는 화두]
[탁윤재 감독이 웹 드라마에게 미래를 묻다]

등등의 기사 제목인지 게시물 제목인지 모를 글들이 올라왔고, 당연히 이에 대한 댓글들이 활발해졌다.

-나는 솔직히 기대됨!
-늘 먹는 익숙한 맛ㅎㅎ 누렁이들 대기 중~~
-이번 여름이라고? 언제까지 기다림?

반면 다른 쪽에서는 이카루스 관련 게시물들이 올라왔다.

[애네 일본하고 뭐 한다는데?]
[미쓰이 회사 전경 보여 준다.]

그리고 당연히 그에 대한 댓글들도 올라왔다.

-저 회사 뭔데? 주변에 우익들 존나 혐한 시위하는데?

―우와 대박, 그러면 이카루스는 쪽바리 쪽임?
―이번 일을 봤을 때 나는 일본 돈은 받아도 상관없다고 보는데 저런 회사면 문제가 좀 많지 않냐?

 누가 위에서 이 현상을 내려다본다면 화전양면전술이라고 생각했을 것이다.
 그리고 이 전술의 지휘자 탁윤재 감독은 이 글들을 보면서 흐뭇한 미소를 지었다.
 평소 자주 애용하던 댓글 대행업체 [시나브로]는 이번에도 훌륭히 의뢰를 수행하고 있었다.
 [시나브로]는 그 이름에 걸맞게 처음에는 한두 개의 게시글로 포문을 열고, 조금씩 글 양을 늘려 가면서 자연스레, 가랑비에 옷 젖듯 여론을 휘젓곤 했다.
 '비싼 값을 한다니까.'
 만족했다. 올해 제작사들은 공포 영화 크랭크인 계획이 없다. 그런 와중에 공포 웹 드라마를 만든다면 자연스레 기자들의 관심이 쏠릴 것이다.
 [신들이 계시는 어스름 절터]와 [천불천승의 섬]에게.
 영웅호걸과 이카루스에게.
 나, 그리고 성시우인가 뭔가 하는 애송이 감독에게.
 물론 스포트라이트를 양분할 생각은 없기에 [시나브로]를 고용했다.
 그들은 댓글 작업으로 이번 여름이 오기 전까지 이카루

스와 [천불천승의 섬]의 여론을 나락으로 보낼 것이다.

'어딜 감히 듣보잡 새끼들이.'

탁윤재는 담배를 빼 물었다.

모든 게 순조롭다.

로케 팀은 괜찮은 절을 하나 스카우트했다.

뒤통수에 큼지막한 흉터 하나 나 있는 애꾸 주지는 두둑한 시줏돈에 "허허, 속세의 어려움을 모른 척하는 것 또한 불가에 몸을 담은 자들이 할 일이 아니지요." 하며 미소를 짓고는 적극적인 협력을 약속했다.

제작부와 연출부 역시 바삐 돌아가는 중이니 빠른 시일 내에 촬영을 나가게 될 것이다.

270만 감독.

나쁘진 않지만 성공했다고 보기엔 애매한 성적.

이름을 말하면 누구나 알아듣지만 성공한 감독의 반열에 들기엔 애매한 성적이며 그 자체의 이름만으로 투자자와 배우들을 끌어모으기엔 애매하다.

그래서 요 근래에는 놀기만 했던 것도 사실이다.

하지만.

'이번 일이 잘만 된다면.'

공포 영화가 텅 빈 여름이다. 이번 [신들이 계시는 어스름 절터]로 단번에 유명세를 끌어모으고 다음 작품을 진행할 수 있을 것이다.

그것도 웹 드라마 같은 애들 장난이 아닌, 정통인 영화로.

'그때가 되면 [신들이 계시는 어스름 절터]가 만들어 낸 팬덤도 잠재적 관객이 될 것이고.'

이 어찌 좋지 아니하랴.

* * *

이카루스 역시 만반의 준비를 마쳤다.

오디션에서 간택을 바른 조연들, 이른바 시우와 12사도들은 스텝과 서해안 영청도로 떠날 준비를 마쳤다.

이번에는 일본에서 온 인원까지 합쳐서 대규모로 이동하기 때문에 전날 밤 모두 한 호텔로 모였다.

내 조언과 성시우의 동의가 합쳐져 한일 스텝들은 회식 자리를 가졌다.

"위하여!"

"위하여!"

다행히 노하우를 빼내러 온 산업 스파이답게 일본 스텝들 모두 한국말에 잘 알았고, 이 점이 장점으로 작용해 알코올이 들어가자 다들 어깨동무하며 흥얼거렸다.

한편, 나와 성시우는 이제성 PD와 따로 자리를 가졌다.

물론 나는 자리를 거절하려 했다. 배우들과 같이 자리하는 게 맞다고 생각했기 때문이다.

그러나.

"에헤이, 참치회! 참치회!!"

"……이것만 먹고 갈게요."

결국 소주는 맛있었고, 곁들이는 회 또한 일품이었다.

어느 정도 흥취가 오른 우리, 그 너머로 그 이상으로 흥취가 오른 사람들의 떠들썩한 웃음소리가 터져 나왔다.

"처음의 그 데면데면함은 이미 다 사라진 것 같군."

성시우의 말에 나 역시 고개를 끄덕였다.

서로 주먹 휘두르며 피 터지게 싸우고 난 뒤에는 어설프게 화해 자리 주선하느니 차라리 술자리 한 번 가지는 게 직방일 때도 있다.

내 말에 이제성 PD도 동의했다.

"게다가 같은 분야에서 구르는 사람들이니 공통점도 찾기 쉬울 테고."

이제성 PD는 편한 자리에서 말을 놓기로 한 나와 성시우 사이를 이해했다.

그리고 자기와 말을 놓기로 한 성시우 역시 이해했다.

하지만 자신과 나에 대한 사이를 아직 확정 짓지 못해 말을 먹는 형태로 내게 답했다.

"실장님이 시우랑 현림…… 이 모두 화이팅하고 몸 건강히 돌아오라고 하더라. 나머지 일은 자기에게 맡기라고."

"에이, 무슨. 니가 다 하는 거지 뭘."

거나하게 취한 성시우가 말을 끝맺고 호탕하게 웃었다.

"나는 뭐…… 내 자리에서 최선을 다할 뿐이고."

문득 그의 눈빛이 부드러워졌다.

"너희한테 감사해. 이카루스…… 그리고 현림이에게."

"뭐야, 갑자기."

"사실 나도 이쪽 일이 좋긴 한데, 상황이 여의치 않아서 그만뒀어. 하지만 그 꿈을 잊지 못해 이렇게 주변에서 얼쩡거렸지."

순간 술이 깬 나는 이제성 PD에게 시선을 돌렸다. 그는 내 시선을 눈치 못 챈 듯 비스듬하게 시선을 내리 깐 채로 말하다 다시 눈을 들어 나를 똑바로 쳐다보았다.

따스함이 가득 담긴 시선이었다.

"현림이…… 너가 여기 오지 않았다면 이런 기회는 다시 오지 않았겠지."

"에이…… 뭘 새삼스레 그러세요."

"와 줘서 감사해."

나는 그를 잠시 쳐다보다가 잔을 들어 올렸다.

"건배."

술자리는 깊어졌고 서고 한 번 안 난 채 다들 훈훈하게 헤어졌다.

* * *

다음 날, 우리는 서해안 영청도로 가는 버스에 올라탔다.

때를 같이해 영웅호걸 필름의 탁윤재와 주동현도 강원도로 가는 차에 올라탔다.

 [천불천승의 섬] 팀은 두 개의 버스에 각각 나뉘어 탔다.

 처음에는 배우들 따로, 스텝들 따로.

 단, 일본 쪽 사람들과 성시우 감독은 배우들 버스에 탑승했다.

 아무래도 시끌시끌한 스텝들보단 좀 더 차분할 배우 팀 버스가 더 편하리라는 생각에서 나온 배려였다.

 물론 배려가 항상 좋은 결과만 가져오진 않는다.

 "야 거기! 나 마실 것 좀 줘!"

 "충전기 없어? 나 지금 폰 간당간당한 데?"

 "게임이나 하니까 그렇지. 멀미 안 나냐?"

 "아이 씨…… 내가 게임을 하든 말든 니가 뭔 상관인데?"

 "응? 승연아. 오빠 지금 촬영 가고 있거든? 응 그래! 이 오빠 이제부터 꽃길만 걸을 거야."

 스텝들 버스보다 소란스러우면 소란스러웠지, 덜하지는 않을 배우 팀 버스 분위기에 성시우의 눈이 커졌다.

 전혀 예상치 못했다는 표정으로 이 도떼기 판을 멍하니 바라보았다.

 반면 맨 앞자리에 앉은 나는 이런 분위기를 대충 예견하고 있었다.

 '뭐 당연하다면 당연하지.'

같은 매니지 소속 한솥밥을 먹던 지망생들이 작품에 캐스팅됐다. 그것도 전작이 인기를 끌었던 이카루스의 차기작에.
 심지어 바다 건너 일본에서도 사람이 건너오네?
 으응? 촬영지는 서해안 바닷가 섬?
 텐션이 폭발하지 않으면 이상한 거다.
 버스 위에 올라가 춤추지 않는 걸 칭찬해야 정도.
 지금 쟤들 머릿속엔 낮에는 영화 촬영하고 밤에는 알코올로 적실 기대가 한가득일 걸?
 결국 시장판 분위기는 성시우가 -나 지금 심기가 많이 불편해요- 기침을 내뱉고 나서야 조금 진정됐다.
 그 이후, 성시우는 그런대로 납득하며 안대를 쓰고 내 옆자리에 누워 잠들었다.
 핏발 선 눈과 꺼칠해진 피부로 보아 아마 어젯밤에 잠 못 들고 설친 모양이다.
 이번엔 들어가는 돈의 액수가 다르니 그럴 만하다고 생각했다.
 새근새근 잠든 그를 조용히 자게 내버려 두고, 나는 가방에서 대본을 꺼냈다.
 옆에서 시선이 느껴져 돌아보니 임하영과 다른 여자가 날 보고 소를 지어 보였다.
 '저 여자가 서혜령.'
 [천불천승의 섬] 최악의 요괴인 두억시니를 맡게 된 배우.

귀족 영애 느낌 나는 화사한 임하영과는 다르게, 창백한 피부에 음영이 드리운 눈매로 살짝 퇴폐적인 느낌이 인상적인 배우였다.

가만히 보고 있으면 몽환적인 느낌마저 들었다.

'성시우가 뽑았다고 하니 비주얼 말고도 다른 면이 있겠지.'

그게 무엇일지 개인적으로 기대가 됐다.

서혜령은 그렇게 눈인사를 건네고 자기 일을 시작했고, 임하영은 내게 말을 붙였다.

"버스에서까지 대본 보고 있으면 멀미 나지 않아? 언니도 너 걱정하는데?"

"할 일은 미리 해 놓아야 마음이 편한 법이라서요."

지금 내가 보는 대본은 성혜연 표 [천불천승의 섬].

그녀는 내가 내준 숙제의 완성본을 엊그제 건네주었다.

덕분에 푹 자야 할 버스에서 대본을 붙잡고 낑낑거리게 생겼다.

'사실 분량 자체는 그렇게 많지는 않지만.'

버스에 타기 전, 내용을 대충 훑어봤는데, 결과물은 훌륭했다.

이대로만 가면 머지않아 전체적인 대본 작업을 맡겨도 될 정도였다.

"그래도 좀 자."

걱정되는지 거듭 말리는 임하영.

며칠 전 힘없는 모습은 사라진 상태였다. 다행히 오래 가지 않은 듯했다.

* * *

고속버스는 고속도로를 달렸다.

운전기사의 솜씨가 좋아 내부는 흔들림 없이 편안했다. 시간이 지나자 남자 배우들은 물론, 임하영과 서혜령도 잠들어 버렸다.

난 이미 대본은 다 읽었고, 다리를 쭉 뻗었지만 잠은 오지 않았다.

전날 푹 잔 것도 있고 [천불천승의 섬] 촬영 때문에 나 역시 텐션이 오른 것도 있었기 때문이다.

그래서인지, 잠기운 대신 앞으로의 계획이 자연스럽게 머릿속에 펼쳐졌다.

[천불천승의 섬]은 계획대로 흥행한다면 도화선이 될 것이다. 원래 예정된 웹 드라마 전성기를 훨씬 앞당기는 도화선이.

그리고 시간이 좀 더 흐르면 중국발 바이러스가 세상을 휩쓸 것이고, 사람들이 밖으로 잘 안 다니다 보니 웹플릭스 같은 OTT가 선풍적인 인기를 끌 것이다.

이후 바이러스의 위세가 약해지고, 사람들이 밖으로 나

오게 되면 OTT들이 폭발적인 성장기를 지나 완만하게 상승 하강 곡선을 반복하게 된다.

'그렇지만 한국 영화계는 좀처럼 예전의 영광을 되찾지 못하게 되지.'

훌쩍 오른 비용은 관객들의 성향을 변화시켰다.

기왕 고를 거면 더 볼거리가 풍부한, 소위 말하는 돈값 하는 영화를 고르게 된 것이다.

이 모두가 몇 년 안에 일어날 급격한 변화

이 흐름을 따라가지 못하고 뒤처진 수많은 영화인은 쓸쓸히 퇴장하게 된다.

'여기서 내가 할 일은……'

이카루스를 최고의 웹 드라마 제작사로 만든다.

지금은 웹 드라마뿐이지만 빠른 시일 내에 미니시리즈부터 시작해 드라마까지 노려 본다.

[천불천승의 섬]이 흥행하고 제작비 회수를 넘어 이익을 낸다면 가능했다. 웹 컨텐츠에 보수적일 수밖에 없는 투자자들이 지갑이 열릴 테니까.

OTT의 시대가 열리면 [이카루스]산 콘텐츠들을 이들에게 유통해 돈을 긁어모은다.

아예 투자를 받아 콘텐츠를 만드는 것도 좋겠지.

이렇게 쓸어 담은 돈으로 이카루스를 영화 제작사로 만든다. 현금과 채권이 빵빵한 제작사로.

그러면?

피폐해진 한국 영화계에 돈 값하는 영화를 만들어 낸다. 볼거리 풍부하고 쫀득한 스토리를 가진 영화를.

장르는 상관없다. SF일수도 있고 판타지일 수도 있다. 느와르일 수도 있고 휴먼 드라마일 수도 있다.

중요한 것은 나.

'내가 일련의 흐름에 중심이 된다.'

모든 작품의 주연이 될 것이다. 이전의 생에서 평생 꿈꿔 왔던 꿈을 살아갈 것이다.

혹자는 왜 그렇게 숨 가쁘게 살아가냐고 생각할 수 있다.

저대로만 간다면 이카루스 뿐만 아니라 나 또한 엄청난 돈과 명예를 얻게 되는데 좀 즐기면서 갈 수도 있지 않냐고 물어볼 수도 있다.

돈, 명예, 명품 옷과 차, 셀럽과 파티 그리고 고급스러운 집.

"……."

좋지.

사바세계의 정념을 벗어난 아라한도 아니고 당연히 마음이 혹한다.

하지만 찬물도 위아래가 있는 법.

어디까지나 내 내면에 해소되지 않는, 가장 큰 욕망이 먼저였다.

'그러기 위해선 이번 [천불천승의 섬]을 흥행시켜야겠지.'

저번 생에선 이번 작품을 찍으면서 참 여러 에피소드가 있었던 게 기억났다.

촬영장에 들개가 돼 버린 유기견들이 갑자기 난입해 현장을 엉망으로 만들질 않나.

제작부원이 겨울잠에서 깨어난 뱀을 건드려 물리질 않나.

배우들끼리 감정이 격해져서 싸우질 않나.

'무엇보다도…….'

성시우와 내가 서로 신경전을 펼치다 드잡이 직전까지 간 적도 있었다는 것.

한 몇 달 서로 감정 상해서 말도 안 걸었지.

배우들 사이에서도 불만이 팽배해진 상태에서 우리까지 그러니 분위기가 최악으로 치달은 적도 있었다.

돌이켜보면 대단한 것도 아니었다. 워낙 신경 날카롭게 하는 사건 사고들이 많아 그런 건가 싶었다.

물론, 예전에도 말했다시피.

'이번에는 그런 일을 최대한 줄이겠어.'

신발 끈을 조여 매고 있는 힘껏 달리기에도 부족하다.

그런 사소한 감정싸움으로 소비할 몇 달은 낭비하기엔 너무 아까운 시간이었다.

[천불천승의 섬]은 최대한 사건 사고 없이 모두 행복하게 마무리를 지을 것이다.

'전생과는 다르게…….'

옆에서 코로 연주를 시작하는 성시우의 오페라 1악장을 들으며 나도 모르게 잠이 들었다.

　　　　　＊　＊　＊

[신들이 계시는 어스름 절터] 촬영지인 보세사.
스텝들이 바삐 움직이며 차에서 짐을 나르는 가운데, 조명 박스에 앉아 담배 한 대를 태우는 탁윤재 감독.
"후우……."
연기를 뿜어내는 모습이 느긋하기 그지없었다.
그는 그 자세 그대로 대본을 펼쳤다.
그 대본에는.
절에 들어왔다가 현실적으로 도저히 일어날 수 없는 링반데룽(같은 곳을 빙빙 헤매는 현상)으로 해당 절을 벗어나지 못하게 된 대학생들이 패닉에 빠지는 내용이 담겨 있었다.
보통의 감독이라면 해당 내용을 보면서 어떻게 연출해야 할까 고민하는 게 당연하건만, 탁윤재의 희끗한 머릿속에는 저녁에 있을 회식 생각만 가득했다.
'연출이라면 배우들하고 친해지는 것도 필요하니까.'
저쪽 구석에서 긴장한 표정으로 도란도란 얘기를 나누는 신인 연기자들을 보며 미소 지었다.
적어도 지금 그의 머릿속에는 이카루스와 [천불천승의

3장 〈179〉

섬] 따윈 티끌만큼도 존재하지 않았다.

* * *

서해안 영청도는 약 300미터 간격씩 3개로 이어진 섬 중 하나다.

사람이 사는 섬은 가운데 있는 가장 큰 일청도였는데, 모텔이나 여관 같은 시설이 없어 민박집들을 장기 대여할 수밖에 없었다.

아닌 성수기에 대어를 맞이한 민박집 사장님들은 싱글벙글하며 손수 스텝들의 짐을 날랐는데, 아마 짐을 들어 올리는 순간 아차 싶었을 것이다.

가득가득 욱여넣은 내용물 덕분에 보기와 달리 말도 안 되게 무겁거든.

괜히 나와 우리 스텝들이 휘파람 불며 냅두는 게 아니었다.

바윗돌도 맞들면 나은 법이니까.

이쯤하면 되지 않았냐, 들어가서 쉬시라 말해야 하는 거 아니냐 눈빛으로 주장하는 사장들을 우리는 외면했다.

물론 당당했다.

4월 비수기인데 인원수 평계로 성수기 요금으로 받으려는 사장들이니 이 정도는 감수해 주셔야지.

"내일은 예정대로 인원수를 반으로 쪼개서 한쪽은 섬 데코레이션에, 나머지 반은 항구 촬영 들어갈 겁니다. 어떻게, 인원은 감독님이 배분하실 건가요?"

사장들의 간절한 눈빛을 슬그머니 외면하며 성시우에게 물어보는 이제성 PD.

항구는 대본상 윤선우와 소대원들이 자신들을 섬으로 데려다 줄 배를 기다리는 곳이었다.

성시우는 고개를 저었다.

"다시금 보니 산세가 험하고 짐을 놓을 마땅한 곳이 없어 차라리 카페 촬영을 마치고 섬 데코 들어가는 게 어떻겠습니까?"

"……스케줄대로 안 가신다는 말씀이군요."

"효율적이라 판단했기 때문입니다."

이제성 PD가 고개를 갸웃거렸다.

'[죽되놈] 까지만 해도 이러지 않았는데' 하는 표정을 지었다.

'이제 슬슬 에고가 불끈불끈할 시기지.'

작품 하나 성공했으니 자기주장과 생각이 머릿속에서 자라난 것이다.

이게 나쁜 건 아니다. 감독은 결국 자기 연출을 선보이는 존재. 그래서 감독들은 자기주장과 생각이 강하다. 그 감독이 뛰어난 감독일수록 더욱더.

성시우는 훌륭한 감독감이고 당연히 자기주장과 생각

이 강할 터였다.

여태까지는 저 바닥에 처박혀 고개를 파묻고 있을 뿐, 상황에 따라 얼마든지 달라지는 법이다.

이는 명감독으로서 성시우의 자아가 슬슬 일어난다는 의미다.

다만 걱정인 것은······.

'역시 이래선 성시우와 마찰은 피할 수 없겠군.'

어떤 것들은, 시간을 되돌리고 주체가 달라져도 반드시 일어나는 모양이었다.

마치 운명 관점에서 보는 DTD 일까?

기왕 이렇게 된 거, 성시우가 감독으로 한 단계 스텝업 하는 성장통이라고 생각하기로 했다. 좋게 좋게.

"그래도 가급적 안 아프게 세팅해 놓자."

아픈 게 뭐가 좋다고.

* * *

영청도 맞은편 내륙 마을은 여름마다 찾아오는 관광객들로 먹고사는 곳이다.

그래서 비수기에는 한적하기 그지없다.

즉, 촬영하기에는 지금이 더없이 좋은 시기라는 얘기.

우리는 바로 촬영 준비에 들어갔다.

스텝들이 바삐 장비를 세팅하는 동안, 군인 역을 맡은

남자들은 전부 군복으로 갈아입었다.

"오, 현림이…… 잔근육 좀 있는데?"

"의외네요. 말랐다고 생각했는데."

임하영이와 서혜령은 버스를 타고 오면서 많이 친해진 모양이었다. 둘이 꼭 붙어 다니면서 촬영지 이곳저곳을 구경하고 있었다.

"제 기억상 오늘 촬영은 없으실 텐데, 카페에 들어가 쉬고 계시지."

"싫은데? 너 하는 거 구경하려고 온 건데?"

차라리 힘없어 보일 때가 더 나았으려나?

아니, 인간적으로 그건 아니지.

히히 웃으면서 말하는 모습을 보아하니 이전의 부정적인 감정은 전부 날려 버린 듯했다.

주변을 보니 스텝들 세팅은 거의 끝나 갔다.

나는 씨익 웃어 보였다.

"이제 집중해야 하니까. 나중에 얘기해요."

내 옆에서 재잘대던 임하영도 현장을 둘러보곤 고개를 끄덕였다.

"그럼 화이팅! 현림아."

두 명은 내 말대로 근처 카페로 들어갔다.

나는 마음을 차분히 가라앉힌 후, 내면을 배역으로 물들였다.

윤선우.

3장 〈183〉

유능한 군인이 되어 아버지의 인정을 받고 싶어 하는 중위로.

……

윤선우는 문 닫은 횟집 기둥에 기대 연대장이 붙여 주기로 한 교수를 기다렸다. 군과 긴밀한 협조 관계에 있어, 이번 사안에 걸리는 민감한 건들을 적당히 무마시켜 줄 사람.

마음에 들지 않지만, 이번 임무를 잘만 해결하면 인사평가에 굉장한 가산점이 붙는다 하니, 눈 딱 감으면 될 일이었다.

한편, 사병들은 방파제에 걸터앉아 시시덕거리고 있었다.

오진철: 이래서 우리나라가 문제야. 교수라는 새끼부터가 시간 관념이 없어 가지고…… 윗대가리부터가 이 꼴인데 제대로 굴러가겠어? 야, 최상식이! 어떻게 생각해? 맞아, 아니야?

최상식: 오뱅, (윤선우를 턱짓하며) 저 꼰대 새끼가 다 듣습니다.

오진철: 어마? 이 쉐끼는 상병 나부랭이가 어딜 병장한테 말을 놔? 니 위에 누구야?

최상식: (오진철을 가리키며) 제 앞에 있는데요.

오진철: 요오? 요오오오? 왐마 세상에. 다시 말해 봐. 요오오오?

혈압 오른다는 표정의 오진철. 주변 사람들은 외면한다.
맞선임과 맞후임은 서로 코드만 맞을 경우, 상말 병초쯤 되면 친구처럼 지내는 경우가 많다.
그러나 그 관점으로 봐도 오진철과 최상식은 너무 터울이 없었다. 보는 병장들 불편해질 정도로.
특히 FM의 화신, 부사관 지망인 서한얼 병장은 더욱 심사가 뒤틀린 얼굴이었다.
피던 담배를 떨구곤, 전투화로 힘껏 짓밟는다.
그때, 지나가던 할아버지가 그 모습을 빤히 쳐다본다. 서한얼은 황급히 꽁초를 줍는다. 정작 할아버지는 신경도 쓰지 않는 듯 군인들을 둘러보곤 물었다.

할아버지: 여까지 무슨 일이여?
…….

할아버지가 의아한 표정으로 눈만 끔뻑거린다.

할아버지: 섬?
서한얼: 네…… 그 막 부처님 석상도 있고 뭐더라……

장승도 있다는데.

* * *

"컷!"

좋다는 신호를 내리자, 배우들이 기쁜지 작게 환호하고는 자기들끼리 화이팅한다.

성시우 역시 기분이 좋았다.

자신이 공들여 뽑은 배우들이 이렇게 잘해 주면, 감독으로서 뿌듯한 법이니까.

'그 고생이 헛것이 아니었어.'

오디션 일정은 말이 나흘이지, 최후의 한 명을 뽑기까지 거의 일주일이 걸렸다.

그만큼 수많은 돌 중에 옥을 가려 내는 건 힘들었다.

옥인지 돌인지 분별해야 하는 건 물론이고, 옥을 돌로 착각하고 버린 건 아닌지, 돌을 옥으로 착각하고 담은 건 아닌지 몇 번이고 확인해야 했으니까.

그리고 오늘, 확인했다.

자신이 고른 게 전부 옥이었음을.

누구 하나 과도하게 튀지 않고 지워지지도 않은 채, 모두 조화롭게 각자의 자리에서 주어진 역할을 매끄럽게 수행했다.

혹, 짓궂은 누가 옥 중의 옥을 굳이 누구냐 묻는다면

성시우는 바로 임은규를 가리켰을 것이다.

'쟤가 이번 조연 중에선 가장 눈에 띄네.'

오진철 역을 맡은 임은규.

그는 선한 눈망울과 오목조목한 이목구비로 전체적으로 보면 귀여운 강아지상이었다.

거기에 음색도 맑고 청아해서 아닌 게 아니라 진짜 BJ나 너튜버 했어도 인기 많이 끌었을 거라 성시우는 확신했다.

"감독님?"

연출이 다가와 속삭이자 성시우는 그제야 정신을 차리고 멋쩍은 미소와 함께 다음 신의 준비를 지시했다.

* * *

윤선우는 기다리느라 지루할 소대원들을 위해 편의점에 들러 캔음료들을 사서 소대원들에게 다가갔다.

윤선우는 소대원들의 표정이 썩 좋지 않다는 걸 알아챘다.

윤선우: 니들 무슨 일 있냐?

190cm는 됨직한 덩치가 앞으로 나왔다.

이관호 병장, 그는 이종격투기 선수 출신으로 평소에도

운동과 힘겨루기를 좋아하는 내추럴 본 파이터였다.

윤선우는 이관호가 하는 말을 듣더니 피식했다.

윤선우: 나 참…… 니들이 무슨 애냐?

이관호: 다른 할아버지들도 똑같은 말을 했습니다. 자신들의 할아버지가 불상과 석상 있는 섬에는 가지도 말라 했다고.

윤선우: (어이없어 하는 표정으로) 가면 어떻게 되는데?

이관호: 그 섬에는 신이 깃들어 있어 인간이 발을 내디디면 화를 입는다고……

이관호의 표정은 진지했다. 아버지 쪽이 무당이라서 그런가? 이런 허황된 얘기를 믿다니.

윤선우: 이관호.

이관호: 병장 이관호.

윤선호: 장난하냐?

이관호: …….

윤선우: 섬에 가기 싫냐? 휴가 가기 싫어? 와이프 얼굴 보기 싫냐고, 새꺄.

조금씩 높아지는 억양. 잘못 건드렸음을 깨달은 이관호.

이관호: 아닙니다! 꼭 가고 싶습니다!
윤선우: 앞으로 헛소리 또 한 번만 했다간 여기 온 보람이 없도록 만들어 줄 테니까 계속 그렇게 씨부려 봐라.
이관호: 죄송합니다!

연신 고개 숙이는 이관호의 등 뒤로 차가 한 대 이쪽으로 오고 있었다. 교수의 차였다.

윤선우: 가서 애들이랑 같이 대기하고 있어.

말만 남기고 교수에게 가 버리는 윤선우.
얼떨결에 혼자 남은 이관호. 그나마 여기서 끝나서 다행이라는 듯 가슴을 쓸어내렸다.
문득, 멀리서 천둥소리가 들린다. 고개를 들어 보니 동해안 수평선 하늘에 회색의 먹구름이 걸쳐 쳤다.
그 모습이 굉장히 불길해 보이는지, 이관호의 표정이 좋지 않았다.
…….

차에서 내리는 흰색 머리의 뿔테 안경 교수는 윤선우가 다가오자 먼저 인사를 청했다.

윤선우: 윤선우 중위입니다.

교수: 저는 성홍식이라고 합니다. 아버지한테는 말씀 많이 들었습니다.

윤선우가 멈칫했다. 전혀 예상치 못한 대답.

윤선우: 아버지요?교수: 응? 얘기 못 들었습니까? 선우 씨 부친이 제 학교 선배 됩니다.
…….

교수: 너무 걱정하지 마라. 선우야. 내가 다 알아서 처리해 줄 테니까. 이번 임무에서 불이익 받을 일은 없을 거다.
윤선우의 표정이 안 좋게 변했다. 이 임무를 두고 자신 아버지의 손길이 느껴졌기 때문이다.

교수: 가서 내 말만 따르면 모두 다 매끄럽게 흘러갈 거다.
윤선우: 교수님.
교수: 그래, 선우야. 뭐 할 말 있나?

윤선우가 고개를 돌린다. 시선을 마주한 교수가 화들짝 놀란다.
윤선우는 그를 노려보고 있었다.

윤선우: 여기 지휘자는 저입니다. 제가 교수님 말씀을 따라야 하는 게 아니라 교수님이 제 명령을 따라야 합니다.
교수: ……뭐?
윤선우: 이 점을 확실히 짚고 넘어가셔야겠습니다.

이 말을 꺼낸 후, 윤선우와 교수는 한동안 서로를 응시했다. 마치 기 싸움을 벌이듯이.

약간 떨어진 곳에서 유현림의 연기를 지켜보는 실버스틱 배우들이 재잘거렸다.
"이야, 작가님도 꽤 하는데?"
"그러게? 진짜 간부 출신 아냐?"
"에이, 생각을 하고 말해. 그게 말이 되냐?"
이카루스에게 선택된 자들이어서 기본적으로 유현림에게도 상당히 호의적인 시선이었다.
그중 한 명이 임은규의 팔을 팔꿈치로 가볍게 치며 장난 가득한 눈빛으로 물었다.
"야, 넌 좀 아쉽겠다. 그래도 너라면 저 사람하고도 충분히 해 볼 만한 것 같은데."
임은규는 말없이 씨익 웃었다.
오히려 이관호 역을 맡은 곽정현이 만류했다.
"야야. 그러다가 떨어지면? 지금 여기에 얼씬도 못 했을걸?"

"설마?"

"……이번에 정우람이 걔 있잖아. 걔도 괜히 개겼다가 못 버티고 튕겨 나간 거 몰라?"

"그거 지가 스스로 짐 싼 거 아냐?"

"어휴, 말이 스스로지 그게 스스로겠냐? 사회생활 안 해 봤어들?"

모두 입을 다물었다.

처음에는 [죽어도 되는 그놈]에 주연으로 지원한 게 한 둘이 아니었는데 굳이? 라는 생각이 들어서였고.

후에는 오디션장에서 정우람하고 유현림의 신경전을 떠올리고는 그럴 수도 있겠다는 생각이 들어서였다.

"감독 형, 사람 좋아 보이는데 그런 음흉한 짓을 할까?"

"바보냐? 사람 좋고 자시고가 어디 있어?"

잠시 침묵.

그때, 임은규의 입이 열렸다.

"……그건 아닐 거야."

"아니 그러니까…… 응?"

곽정현이 살짝 당황한 표정으로 임은규를 보았다.

쟤가 왜 쟤들을 편들지? 임은규는 정우람 친구 아니었나?

임은규는 특유의 입가에 깃든 미소를 지우지 않고 말했다.

"내가 들어서 알고 있거든. 저 사람들한테 압박 들어온 건 없었어. 연나연 실장님도 별말씀 없으셨고. 진짜 자기 스스로 나간 거야. 그리고……."

임은규는 살짝 망설이는 기색을 띠다가 다시 말을 이었다.

"내가 주연 오디션 봤더라도 저 사람이 됐을 거야."

잠시 어리둥절한 배우들이 곧 키득거렸다.

"네? 액터 2팀 에이스가요?"

"겸손이 지나치면…… 알지?"

동기들이 장난기 가득한 얼굴로 놀리는 가운데, 임은규는 별다른 표정 없이 유현림에게 시선을 돌렸다.

지금 유현림이 배역을 맡은 윤선우는 교수와 눈싸움을 벌인 후, 아버지 친구에게 걸려 온 전화를 받는 중이었다.

물론 이쪽과 거리가 있어 무슨 말을 하는지 들리진 않지만 알 순 있었다.

'대본상으로 보자면 말이지.'

속 좁은 교수가 눈싸움에서 쿨한 척 물러난 후 연대장한테 다이렉트로 콜을 때렸다.

연대장은 너무 딱딱하게 굴지 말라 충고하고, 윤선우는 자기를 생각하는 마음은 감사하지만, 현장 지휘권은 자신에게 있으며 그건 아버지 친구인 교수 역시 예외가 아니라고 말하는 장면이다.

'상당한데?'

임은규는 유현림을 보면서 자신의 생각을 수정했다.

'이거 몰랐겠어.'

사실 임은규는 자신이 있었다. 주연을 따낼 자신이.

오디션 경쟁? 그게 뭐 대수냐. 어차피 뽑는 것은 감독이고 인상적인 연기력을 보여 주면 그만이다.

2팀 에이스? 그거 술 먹으면서 따낸 게 아니다.

그런데.

'진짜 몰랐겠어.'

그 느낌이 든 것은, 이관호를 갈구는 장면.

이관호 역을 맡은 곽정현은 키가 190이 넘는 데다 포스 넘치는 인상 때문에 한 번 신에 나타나면 존재감을 기가 막히게 뿜어낸다.

오죽하면 꽤 괜찮은 연기력을 가진 그가 단역을 전전하는 이유가 감독들이 쓰기 부담스러워서라는 얘기가 나올까.

그런 이관호가…….

'잡아먹혔다.'

유현림이 내뿜은 싸늘한 기운.

임은규는 확신했다.

화면을 압도하는 이관호의 존재감이 이번에는, 윤선우에게 완전히 가려졌으리란 것을.

굳이 모니터를 안 봐도 훤했다.

자신이라면 그렇게 할 수 있었을까?
······가능은 하겠지.
'확신한다 까지는 아냐.'
이성이 내린 결론을 순순히 납득한 임은규는 다시 유현림을 응시했다.
대체 어디서 떨어진 친구지, 쟨?

4장

4장

교수를 합류시킨 후, 윤선우는 소대원들을 이끌고 섬으로 가는 배에 탔다.

배가 파도와 부딪혀 만들어 내는 은은한 진동에 취해 다들 조금 멍한 상태인데, 오진철은 전직 BJ답게 입을 다물 기색이 없었다.

오진철: 그러고 보니 나 어렸을 때 할머니가 해 줬던 말이 있었는데. 이걸 풀어, 말아?

최상식: 오뺑 외갓집이 논산에 있다고 하지 않으셨다고 하지 않았습니까?

오진철: 크으, 역시 잘 아는구나. 너도 논산이라고 했나?

최상식: 저는 오산입니다.

오진철: 그러냐? 여튼 할머니 젊었을 적에는 논산에 건물도 없고…… 건물이 뭐야? 도로하고 가로등도 없던 시절이었지. 그런데 학교에서 돌아오면 논두렁길 걷는 시간이 꼭 밤이었대. 그래서 깜깜한 그 길을 달빛 보면서 걷곤 했었대. 그런데 왜, 그런 날 있잖아. 달빛도 희미해서 저 앞에 있는 것도 아리까리할 때. 그때면 말이지…….

단조로운 뱃길에 심심한 사람들의 귀가 쫑긋거렸다. 오진철이 못마땅한 서한얼도 궁금증을 참지 못하고 그를 뚫어지게 바라봤다.
사람들이 반응을 보이자 오진철은 흥이 났다.

오진철: 그때면 항상 저 맞은편에서 누가 오는 모습이 보인다고. 가까이 다가갈수록 희미해지더니 사라진다고.
최상식: ……그게 끝입니까?
오진철: 그럼, 이게 끝이지. 더 있겠냐?
최상식: 존나 허무하지 말입니다.
오진철: 이 자식 봐라? 웃기네. 실화니까 허무하지. 귀신이 쫓아오고 그런 거 다 지어 낸 얘기라니까?
최상식: ……차라리 지어 내지. 노잼.
오진철: 뭐 인마?

오진철이 최상식에게 헤드록을 걸려다 되려 제압당했다.

한편, 사병들이 그러거나 말거나 윤선우는 뱃머리에 앉아서 앞을 바라볼 뿐이었다. 잠시 후, 김태학 중사가 나와 담배를 권한다.

김태학: 피시겠습니까? 전담으로 바꿨다 들었지만······.
윤선우: 애들 없습니다.
김태학: ······피시겠어요?
윤선우: 감사하죠.

바닷바람이 거세 잠깐 고생했지만, 담뱃불을 붙이는 데 성공하는 두 사람.

윤선우: 애들 지금 어떤가요?
김태학: 신났죠. 뭐.
윤선우: 중사님도 한숨 주무시죠.
김태학: 차에서 많이 자뒀습니다. 그러는 소대장님이야말로.
윤선우: 저도 아까 눈 좀 붙여서.

하늘은 계속 흐릿했다.

김태학: 이거 가자마자 고생 좀 하겠는데······.

윤선우는 말없이 담배만 태울 뿐이다.

잠시 후, 저 멀리 흐릿한 수평선 너머로 섬이 모습을 드러냈다.

그 흔한 고깃배 한 척 없는 바다에 외로이 떨어져 있는 섬은 얼핏 몽환적이기도 하고 고요해 보이기도 했다.

윤선우는 그 섬을 한동안 주시하다가 담배를 뺐었다.

* * *

[천불천승의 섬] 2화 촬영이 끝났다.

민박집으로 돌아오는 내내 성시우는 싱글벙글이었다.

항구 씬 반나절, 뱃길 씬 반나절. 아무리 빨리 끝나도 저녁이 되어서야 끝날 줄 알았는데 예상보다 더 일찍 끝나서였다.

"현림아, 촬영은 무난하게 갈 것 같다."

"그래요?"

"그래 이번엔 왠지 느낌이 좋아."

사람 좋은 미소로 웃는 모습이 마음이 편해 보였다.

하긴 무난하게 갈 수도 있겠지.

장차 겨울잠에서 깨어난 뱀 조심하고, 촬영장에 뛰어드는 개들 차단하고, 숙소에서 배우들 몸싸움 막아 낸다면 말이지.

거기에 중간에 탈진한 제작부원들 때문에 119 부르는

것도 포함해서.

사실 지금도 아슬아슬하긴 했다.

섬에서 바다 건너 항구로, 항구에서 배로, 배에서 민박집으로 세팅하랴, 장비 옮기랴.

다들 안색이 환한 가운데, 그들만이 흙빛이었다.

시우한테 제작부들 노고를 위로하고자 오늘은 고기라도 구워 주자고 말하려는 찰나, 성시우가 끔찍한 소리를 내뱉었다.

"음. 뻘 받은 거 기세를 몰아서 오늘 입섬 씬까지 찍어 볼까?"

"……감독님."

"응? 왜 그러죠, 현림 씨."

'네가 사람이냐.'

제작부원들의 안색이 흙빛을 넘어 시꺼멓게 변했다.

내가 제작부장이었으면 감독이고 뭐고 머리띠 두르고 결사 투쟁 외치지 않았을까.

성시우는 내 눈짓을 따라 고개를 돌리곤 머쓱한 표정을 지었다.

"망언을 내뱉었군요."

"감독님도 일단 쉬세요. 지금은 텐션 올라서 잘 못 느끼겠지만 조금 있으면 피로가 몰려올 겁니다."

그때.

-와하하하!

배우들의 시끄러운 웃음소리가 민박집에 울려 퍼졌다.

배우들은 방에 벌렁 드러누워 오늘 있었던 일들을 가지고 시시덕거렸다.

"오늘 뱃길 씬 개꿀 인정? 어 인정."

멀미한다는 설정으로 내내 드러누웠던 법대생 김영석 역을 맡은 배우였다.

"인정. 그런데 분량 너무 짧진 않나 몰라."

교수 역을 맡은 배우가 거들었다.

"차라리 아예 안 나왔으면 낫기라도 하지. 나 오늘 분량은 담배 씬 하나였는데 하루종일 바닷바람 맞았네. 으, 피부 상한 거 봐."

김태학 중사를 맡은 배우였다.

"에이 그래도 형님은 중반부에 분량 쏠쏠하게 챙기지 않았습니까?"

수다는 텐션을 타고 조금씩 커졌다.

"근데 술 마시는 신은 진짜 술 마시면 안 되나? 아까 짐 보니까 소주도 있더만."

"군인 역 찍다 보니 옛날 생각나는구먼. 나 때는 말이야……."

소음과 웃음소리가 커지자, 성시우 감독 이마의 핏줄도 조금씩 커졌다.

"제…… 제가 진정시키겠습니다."

눈치를 보던 제작부원이 허둥지둥 안으로 들어갔다. 잠시 후, 안은 조용해졌다.

김태학 역을 맡은 배우가 슬그머니 나와 미소를 지으며 고개를 숙였다.

"죄송합니다. 감독님, 저희가 좀 시끄러웠죠?"

"……워낙 조용한 섬이라 다른 주민들 클레임 들어올까 걱정되는군요."

"넵, 주의하겠습니다!"

척! 경례하곤 다시 들어간다.

이어서 제작부원들도 짐을 정리하기 위해 안으로 들어갔고, 민박집 마당에는 나와 성시우만 남았다.

"시우 형."

"현림아…… 내가 좀 꼰대 같지?"

"화냈으면 꼰대지."

그래도 이건 예상보다 빠른데.

"다들 여기서 뭐 해요?"

이제성 PD와 서혜령이 안에서 나와 우리를 불렀다.

"지금 고기 굽기 시작했어요, 들어오세요!"

과연, 안에서 기름진 냄새가 풍겨 나왔다. 서혜령이 성시우를 데리고 들어갔다.

나도 따라 들어가려는 찰나, 이제성 PD가 내 옷깃을 잡았다.

"현림 씨, 잠깐."

"……?"

"감독님, 지금 많이 피곤할 거예요. 어제도 밤 샜거든요."

그러고 보니 어제 민박집에서 잠잘 때 성시우 쪽은 조용했지.

조용히 잔다 싶었더니 잠을 못 잔 거였나?

"어제 콘티 수정하느라요. 저도 나름 새벽 2시까지 도와주다 피곤해서 잤는데 6시에 일어나 보니 그때까지 작업하고 있더라고요."

그랬군. 그래서 오늘 기분이 롤러코스터처럼 급격한 거였어.

밤을 새워서 정상 컨디션이 아니었구나.

그런데 이상한데? 감독이 그걸 직접 한다고?

"콘티 수정할 거 있으면 담당하는 애한테 보내면 되잖아요."

"그게…… 지금 콘티 담당자가 맹장이 터져서 수술 들어간다고 연락이 와서."

"……으휴."

어쩐지 오늘 촬영이 이상할 정도로 쉽게 치고 나간다 했다.

원래 늦었으면 늦었지, 당겨지진 않는데 이런 일이 일어나려고 그랬나 보다.

"아까 잠깐 얘기 들어 보니까 계속 수정할 부분이 있다고 하던데. 그림도 잘 못 그리면서, 시우도 참 대단한 친구예요."

"대단하긴, 독종인 거죠."

아니면 생각이 없거나.

밤을 새워 놓고서 섬에 들어서는 신까지 하려고 들었다고?

진짜 들어갔으면 어쩌려고 했는지.

나는 한숨을 내쉬며 말했다.

"PD님."

"……?"

"콘티 구해 오죠."

"……콘티를?"

"저렇게 내버려 둘 순 없으니까요."

민박집은 문이 거의 유리로 되어 있어서 안이 훤하게 보였다.

사람들은 너 나 할 것 없이 고기와 술을 즐기고 있는 가운데, 성시우는 서혜령이 신나서 따라 주는 술을 흐릿한 미소를 지으며 받고 있었다.

그래, 이렇게 보니 확실히 피곤해 보였다. 워낙 내색을 안 하는 사람이어서 몰랐지.

하지만 이렇게 보니 확실히 조금만 더 먹이면 그대로 쓰러져 버릴 것 같았다.

"콘티 구하죠."

내가 거듭 강조하자 이제성 PD가 난색을 표했다.

"어디서요? 스텝 중엔 그림 그리는 애가 없는데요. 외부에서 구한다고 한들 바로 내일까지 영청도로 와줄 사람 구하는 게 쉽지도 않고. 온다고 하더라도 대본 읽고 컨셉 이해시키고 하려면 그게 또 시간인데······."

이제성 PD는 힘든 점을 이것저것 주워 말했지만 유현림의 눈빛이 전혀 죽지 않았다는 걸 알아차렸다.

"그러니까······ 그림 그릴 줄 알고, 대본 내용 알고, 영청도까지 와 줄 사람 구하면 되는 거죠? 그렇죠?"

"······그렇긴 한데."

"마침 제 주위에 아주 딱 걸맞은 인재가 하나 있습니다."

"그게······ 누구?"

"어딜 내놔도 자랑스러운 친구죠."

* * *

딸칵!

-덕환아!

"허억······ 헉······ 허억 현림이······ 헉 무슨 일 허억······ 이냐?"

-미안. 나중에 다시 걸게. 부디 즐거운 마무리 짓도록.

"응? 아니 쓰읍······ 그거 아니라고 허악, 허억!"

오덕환은 황급히 이마에 땀을 수건으로 닦은 다음 러닝머신에서 내려왔다.

여기는 실버스틱 엔터테인먼트 소속 피트니스 센터.

오덕환은 수업이 비는 날마다 이곳에 와서 부지런히 운동하곤 했다.

연 실장의 허락도 받았고, 처음에는 마뜩잖은 시선으로 보던 지망생들이 이제는 대수롭지 않게 여겼다.

사정을 들은 유현림이 작게 감탄했다.

-이야, 대단한데? 그런데 갑자기 무슨 바람이 불어서?

"그건……."

처음에는 여길 그저 임하영이나 성혜연 같은 미인들과 친해지고 싶어 들어왔다.

그런데 시간이 지날수록 느끼는 게 있었다.

'나…… 좀 아닌데?'

실버스틱에 출퇴근하면서 보이는 건 미끈미끈하고 날렵하게 생긴 애들.

처음에는 배우 지망생이니까 당연하다고 생각했지만, 시간이 지날수록 자신이 초라해져 보였다.

미남들이 바글바글한 한복판.

자기가 아무리 어필한다고 하더라도 저 둘이 자신을 과연 남자로 봐줄까 하는 걱정이 들었다.

'그렇다면 최소한 살이라도……!'

얼굴은 본판불변의 법칙이라 어쩔 수 없다지만 몸은 다르다.

자신이 노력하면 노력할수록 성과가 생기지 않겠는가.

마침 실버스틱에는 소속사 지망생들을 위해 마련한 피트니스 센터가 있었고, 덕환이는 연 실장한테 조심스레 허락을 구했다.

-쓰고 싶은 대로 쓰세요.

연 실장은 뜻밖에 흔쾌히 허락해 주었고 그때부터 꾸준히 다니는 중이었다.

좀 더 나은 내가 되기 위해, 좀 더 멋있는 내가 되기 위해, 좀 더 어필할 수 있는 내가 되기 위해!

한 걸음부터 걷는다.

"여자 하나 때문에 이렇게 하는 게 우습게 보이는 거 알지만 그래도 해 보려고."

오덕환은 솔직하게 속내를 털어놓았다.

'너 같은 애들은 이해 못 하겠지. 처음부터 우월하게 태어난 애들은.'

모태 미남들, 그중에서도 유현림같이 규격 외들은 이해 못한다.

평범한 사람이 여자들에게 어필하려면 얼마나 노력해야 하는지.

심지어 자신 같은 부류는 오히려 일반인들보다 더 힘들다는 걸 알고 있었다.

모르는 게 아니었다. 그저 외면했을 뿐.

'그래서 아름이한테 미안한 마음뿐이었어.'

여자친구가 생겼으면 더 가꾸고 노력했어야지, 오히려

나태해졌다. 더 덕질에 열중했고, 패션에 무관심했다.

아름이가 떠났을 때, 처음에는 슬프고 화났지만, 나중에는 자신에게도 책임이 있다고 생각했다.

지금은 뼈저리게 느낀다.

인연이라는 것은 굴러 들어오는 게 아니다. 심지어 운 좋게 사귄다 해도 끊임없이 가꾸고 노력하지 않으면 떠나간다.

"네가 뭐라고 하든 난 해낼 거야. 노력할 거라고."

-누가 뭐래? 사람을 아주 쓰레기로 보네.

응?

뜻밖에 유현림은 긍정했다.

"……진짜지?"

-그래, 임마. 아주 좋은 생각이야.

"그렇지?"

-내가 봤을 때 넌 안 긁은 복권일 가능성이 커.

"정말?"

오덕환의 입에 미소가 걸렸다. 현림이가 저런 말을 한다고?

재수 없을 정도로 잘생겼고 말 필터 없이 내뱉는 놈인 줄만 알았는데 이런 구석이 있을 줄이야.

-뭣하면 나도 같이 운동할까? 요새는 얼굴이 아니라 몸이야 몸! 너는 크고 건장하니까 잘만 가꾸면 여자들한테 인기 많을걸? 내가 세세히 봐줄게.

"약속이지? 약속이다?"

─그래, 약속할게. 다만…… 이것 하나만 따라 준다면 말이지.

뭐지? 뭘까?

설마 운동이 힘들다고 도중에 포기하지 말고 끝까지 가는 거?

그것쯤이야.

"걱정 마."

─아니, 이게 의외로 좀 힘든 거라…….

"걱정 마! 나 덕환이야 오덕환! 네가 말하는 거 그대로 수용할 준비가 되어 있다고!"

─……정말이지?

"그러엄!"

가슴을 쿵쿵 치며 호언장담하는 오덕환.

아마 영상통화였다면 그 순간 현림이가 지었을 사악한 미소를 알아챘겠지만 유감스럽게도 일반 통화였다.

"뭐든! 할 수 있어!…… 응?"

─왜 그래, 덕환아?

"아니, 누군가 '스테이'라고 말하는 것 같아서. 착각인가?"

─ 착각이야. 덕환이 귀가 안 좋아졌구나.

그런가? 역시 기분 탓이겠지?

* * *

이카루스 사무실.

"끄어어……."

오덕환이 머리를 부여잡고 절규를 내뱉었다.

"현림이 그 자식."

어쩐지 우쭈쭈해 준다 했지.

이런 함정을 팠을 줄이야.

후회해도 늦었다.

유현림이 말하는 흐름에 휩쓸리다가 정신을 차려 보니 어느새 콘티 작업을 도와주기로 해 버렸으니까.

"순진하기만 했던 놈이었는데 꼬리 아홉 달린 여우 다 됐어 아주 그냥."

이래서 연예계가 무섭다고 하는구나. 사람을 저렇게 능구렁이로 만들어 버리다니.

"……그래도 돈은 준다고 했으니까."

전에도 그랬었지. 별생각 없이 그린 그림에 정당한 대가라고 예상도 못한 100만 원을 쥐여 줬다.

이렇게 생각하니 또 은혜 갚은 여우 같기도 하고.

"쳇 봐줬다, 현림이 너 진짜 친구 한번 잘 둔 줄 알아라."

그렇게 중얼거린 오덕환은 노트북을 켜고 유현림이 보

내 준 파일을 열었다.

[천불천승의 섬] 1화 후반부 내용이었다.

오덕환은 그 내용을 찬찬히 읽어 내려갔고, 글 내용이 마치 AR처럼 눈앞에 펼쳐졌다.

—

생활관.

섬 조사를 위해 모인 병사들, 문 앞에는 윤선우가 서 있었다.

다들 머뭇거리며 눈치를 보나 싶더니 오진철이 가장 먼저 힘차게 손을 들었다.

오진철: 저…….
윤선우: 오진철이, 말해 봐.
오진철: 이거 끝나면 휴가 2박 3일 나온다고 들었습니다. 혹시 말년휴가에 합쳐 쓸 수 있을까요?

다들 눈이 번쩍였다. 시선이 윤선우에게 집중됐다.

무슨 말이 나올까 기대하는 얼굴을 보며 윤선우가 피식 웃었다.

윤선우: 100일 휴가에 합치든 말년휴가에 합치든 니네 맘대로 지지고 볶아라. 위에서부터 직빵으로 내려오는 휴

가라 대대장님이든 사단장님이든 절대 뭐라 못하실 거다.

병사들의 얼굴에 웃음이 만개했다.

병사들: 예!
윤선우: 이틀 뒤 아침에 바로 출발이다.
병사들: (일어서며) 네 알겠습니다!
윤선우: 아직 말 안 끝났다, 이것들아. 일주일이다. 길다면 길고 짧다면 짧은 시간이다.
병사들: (머쓱한 표정으로 자리에 앉으며) …….
윤선우: 각자 준비 철저히 해서 아무런 사고 없이 전원 무사 복귀할 수 있도록. 알았지?
병사들: 네, 알겠습니다!
윤선우: 아, 그리고 이번에 우리와 합류하는 간부는 김태학 중사다. 다들 알았지?
병사들: …….

순간 병사들 사이에서 웃음이 사라지고 침묵이 감돌았다.

윤선우: 대답이 없네? 알았지?
병사들: 네. 알겠습니다.

명백히 텐션이 다운된 어조, 하지만 윤선우는 모른 척하며 말을 덧붙였다.

윤선우: 너희도 알다시피 김태학 중사는 아주 유능한 분이니까 마음 푹 놓도록.

그렇게 이야기를 마무리하려는데, 갑자기 윤선우의 핸드폰이 울렸다.
핸드폰 내용을 확인해 보면 대대장 호출이었다.

윤선우: 그럼 이만 쉬도록.

윤선우는 생활관을 나섰다.
—

여기까지 읽은 오덕환이 고개를 갸웃했다.
'어째…… 그릴 만해 보이는데?'
막연히 어려울 거라 생각했는데, 읽어 보니 글 장면이 훤히 그려졌다.
게다가 감독 형하고 현림이가 옆에서 도와준다고 했으니 해 봄직했다.
"후우…… 콘티라."
생각보다 재미있겠는데?

덕환이는 다음 페이지를 넘겼다.

—

이어지는 내용.

윤선우와 김태학이 생활관을 나서자 병사들이 서로서로 얼굴만 바라본다.

오진철: 아, X빨…… X됐네!
최상식: 김태학이면 개 빡세지겠는데 말입니다.
오진철: 야이 씨,그걸 말이라고 하냐? 소대장도 겁나 능글맞네. 뻔히 알면서 뭐? 표정 왜 이래? 하! 나 참! 몰라서 묻나?
나준상:아 씝…… 우리 아부지 가게 양주 좀 챙길라 했는데. 이러면 나가리네?
오진철: 꿈도 꾸지 마라. 끔찍하다. 몰래 마시면 될지도?
이관호: 니가 몰라서 그러나 본 데 김태학 저 새끼 코개코다. 숨겨? 어림도 없지.
나준상: 그나저나 이게 뭐야. 일이 병은 어디 가고 병장만…… 크흠, 상병장만 몰아 놨네.
오진철: 뻔하지 뭐. 하…… 우리가 이 짬 먹고도 몸으로 뛰어야 한다니. 군대가 거꾸로 간다. 거꾸로 가.
이관호: 꼬우면 가지 말든가.

4장 〈217〉

오진철: 무슨 말을 그리 서운하게 하냐?
이관호: 내 맞후임이 눈독 들이던데.
나준상: 그나저나 우리도 이만 일어설까?
오진철: 그래~ 밥이나 먹으러 가자.
병사들이 하나둘 일어나더니 생활관을 떠난다.
―

여기까지 읽은 오덕환은 고속버스에 올라탄다.
"흠······."
여기서 버스를 타고 충청도 서해안까지 간 다음에 시내버스 2번 타고 택시 타고 걷고 하다 보면 항구가 나올 테니 그 배를 타고 와라?
어림잡아도 대여섯 시간.
고속버스 예약한 자리에 앉은 덕환이는 가방에서 태블릿을 꺼내 들었다.
"그러면 콘티 그릴 시간은 충분하지."
어디 한번 오랜만에 힘을 내 볼까?
그의 눈이 반짝하고 빛났다.

* * *

첫 촬영을 마친 다음 날, 영청도 민박집.
가볍게 시작하는 술자리에는 항상 정해진 루트가 있다.

한 잔이 두 잔 되고, 두 잔이 석 잔되고 석 잔이…… 에라 모르겠다, 적셔!

물론 걸판지게 논 다음 날은 항상 그렇듯 폭풍 숙취가 찾아오기 마련이다.

"으아아아……."

"지금…… 몇 시?"

"물…… 목말라…… 물."

아침이 찾아오자 꿈틀거리는 좀비들을 보고 있자니 마치 20년 전의 모습이 떠올라 마음속 깊이 훈훈함이 몰려왔다.

'잘들 논다. 잘들 놀아.'

나는 옆에서 같이 꿈틀거리는 연출부와 제작부를 찾아 정중하게 발로 걷어찼다.

당장 내일이 촬영인데 생각 없이 처마신 배우들도 한심하긴 하지만 혈기 왕성한 20대가 대부분이니까 그럴 수 있다고 쳐도.

'30대 40대인 제작부까지 같이 어우러져 처마시는 게 말이 되냐? 새벽 3시까지?'

라떼는 마렵네. 진짜.

조만간 벌어질 성시우 폭발 막지 말고 그냥 내버려 둬?

"……."

그래 봐야 나만 손해구나.

그나마 다행인 것은 임하영과 서혜령이 제때 일어난 것

이었다.

"우와, 현림이 벌써 일어났어?"

"잘 잤어요, 현림 씨?"

두 사람은 벌써 일어나 가벼운 단장을 마치곤, 방에 나와서 나를 반겼다.

"다른 사람들이 다 누나들 같다면 얼마나 좋을까."

마실 때 적당히 마시고 일어날 땐 제때 일어나 준다. 얼마나 좋아. 부담스럽게 깨울 일도 없고.

"누나들이 깨우는 거 도와줄게."

그렇게 말하더니 둘은 사람들을 직접 깨우기 시작했다.

"으으으……."

"좀만 더…… 좀만 더……."

"아 뭐야…… 진짜."

역시 어림없지.

"10분만 있다 일어날게요. 엄마."

……이건 또 뭐야?

두 사람은 짤짤거리며 사람들을 깨우려고 돌아다녔지만, 어찌나 퍼 마셨는지 숙취에 찌든 이놈들은 도대체 일어날 생각을 안 했다.

이 방만한 꼬라지를 보아하니 내 머릿속에 사악한 생각이 스멀스멀 떠올랐다.

…….

뮤직 큐!

-빰밤 밤밤밤 빰바라빠 밤밤밤! 밤밤밤!! 밤밤밤!!
"으아악!!"
"시발!!"
"어떤 새끼야!!"

* * *

"흐아아암. 현림아 무슨 일 있었냐?"
나보다 먼저 일어나 산책을 갔다 온 성시우가 물었다.
"왜, 시우 형?"
"아까 보니까 애들이 다 너 죽일 듯이 쳐다보던데."
"글쎄? 혹시 안 좋은 꿈이라도 꿨나?"
나는 시치미를 뚝 떼며 하던 스트레칭을 계속했다.
"산책은 어땠어?"
"산책이라기보단 섬 한 번 둘러보면서 촬영 동선 더 나은 루트 없나 살펴본 거지."

독하다 독해. 생각이 없는 게 아니라 독한 거였어.

이대로 가면 기절한다고 어젯밤에 콘티 고치려는 거 억지로 재워놨더니, 뭐? 동선?

"형…… 진짜 대단해. 인정."
"뭘, 다들 열심이니까 나도 최선을 다하는 거지."

글쎄, 그 열심이라는 게 퍼질러서 자느라 바쁜 거 말하는 건가?

4장 〈221〉

슬슬 준비를 마친 사람들 순서대로 마당으로 나왔다.

중간중간 찌릿한 시선이 느껴졌지만, 난 담담히 표정으로 받아 냈고.

"어쩌라고?"

잠시 후, 어디선가 향기로운 냄새가 퍼졌다. 굉장히 익숙한 이 냄새는…… 라면?

"다들 식사하세요!!"

임하영과 서혜령이 힘을 합쳐 냄비를 들고 낑낑거리며 오는 모습에, 남자들이 우르르 달려가 손을 거들었다.

* * *

다들 라면으로 배를 채운 후, 몇 가지 준비를 한 다음, 배를 타고 바다를 건넜다.

배를 타기 전까지 나른한 분위기였던 우리는 바닷바람을 쐬자 다들 정신을 차렸고, 마침내 대망의 촬영지 영청도에 도착했다.

영청도. 대본상의 이름은 천불천승의 섬.

천불천승의 섬.

백사장에는 박살 난 나무판자들과 피가 흠뻑 묻은 옷, 녹슨 쇳덩이들이 굴러다녔다.

나는 벅찬 표정으로 제작부와 연출부의 퀭한 얼굴을 바라보았다.

대단하다, 대단해. 진짜 싱크로율 대박인데?

이걸 일주일 전에 와서 세팅했다니 그 노고가 짐작이 갔다.

이럴 줄 알았으면 기상나팔 사운드를 좀 줄여 줄걸.

노래방 기계에 연결해서 맥시멈으로 틀어 제낀 건 좀 너무했나?

스텝들은 배에서 짐을 내리고, 다음 촬영을 위한 준비에 착수했다.

—

[천불천승의 섬] 3화

배가 섬 해안가에 도착하고 병사들이 내린다.
먼저 내린 윤선우와 김태학 중사, 앞에 병사들이 2열로 선다.

윤선우: 이제부터 우리는 베이스캠프로 이동한다. 위치는 저 두 개의 산과 이 해안 중간에 있다.

윤선우가 영청도의 쌍봉우리 산에 이어 이곳 해안가를 가리켰다.

윤선우: 두 개 조로 나눠서 따라오도록. 길이 험하고

4장 〈223〉

독충이나 독사가 있을지 모르니까 각자 안전에 유의하도록 한다.

김태학 중사: 자 다들 말씀 들었지? 위치로!
병사들: 위치로!

평소 느긋한 모습과 달리 후다닥 명령을 이행하는 병사들.
윤선우의 시선은 군인들 뒤를 향했다.
그곳에는 가지고 온 노트북과 카메라가 말썽인지 고개를 연신 갸웃하면서 만지는 교수가 있었다.
결국 시간을 좀 달라는 제스처를 취하는 교수.
미안하다는 표정으로 손가락 다섯 개를 펼쳐 보인다.

윤선우: ……다들 10분 정도 휴식 시간을 가진다. 쌀 놈은 싸고 피울 놈은 피우도록.

와아아-
병사들은 뜻밖의 휴식에 환호했다. 해안가에 각자 흩어져서 담배를 피우거나 바위 뒤에서 볼일을 보기 시작했다.
병사 중엔 안철진 상병도 있었는데, 최상식과 동기지만, 평소 어수룩한 행동과 말 때문에 최상식만큼 위아래로 인정받지 못하는 처지였다.
이번에도 만약 위에서부터 자르지 않았다면 안철진이

아니라 그 밑에 후임이 갈 정도로 간신히 관심 병사만 면하는 수준이었다.

그런 안철진은 바지춤을 잡고 소변을 보러 으슥한 숲으로 달려가다 갑자기 멈춰 섰다. 그 모습을 가장 먼저 알아차린 윤선우.

그의 시선에 잡힌 안철진은 마치 홀린 듯 무언가를 뚫어지게 바라보고 있었다.

윤선우: (가벼운 목소리) 안철진이 왜 그래? 뱀이라도 발견했나?
안철진: 저 이거 좀…… 다들 와 보셔야겠습니다.

윤선우는 이상한 기색을 느끼고 안 상병에게 다가갔고, 어리둥절한 다른 병사들도 윤선우를 따라왔다.

안철진의 시선을 따라가니 커다란 장승이, 5미터는 됨직한 커다란 장승이 뿌리가 베어진 채 수풀 사이에 엎어져 있었다.

등 부분에는 마치 피처럼 뻘건 색으로 글자가 새겨져 있었다.

섬 수풀 사이에 쓰러진 거대한 장승, 등허리에 새겨진 붉은 글자. 기괴한 모습에 병사들은 자기도 모르게 이맛살을 찌푸렸다.

안철진: 이게…… 이게 뭡니까?
최상식: 장승이잖아.
안철진: 장승?
최상식: 넌 한국인이 장승도 몰라? 새끼, 간첩이냐?
이관호: 간첩도 장승은 알겠다. 잠깐만 어디 한번…….

이관호가 장승을 일으켜 세우려고 했지만 꿈쩍도 안 했다. 그래도 고집을 피우며 한참 끙끙거리다가 얼굴이 새빨개진 채로 물러나는 이관호.

이관호: 와…… 쓰바.
오진철: 야, 니가 저걸 못 든다고? 존나 무겁나 보네.

장승을 둘러싸고 병사들이 서로 수군거렸다.
윤선우와 김태학은 별다른 말 없이 장승을 가만히 내려다봤다.

오진철: 신기하네. 기분 나쁘기도 하고.

오진철이 김영석의 어깨를 툭 쳤다.

오진철: 너, 저거 써진 글자 좀 읽어 봐
김영석: ……뭐?

오진철: 너 똑똑하잖아. 법대 아냐? 사시 보려면 한자 존나 잘 알 거 아니냐.
김영석: 내가 니 시키면 해야 하…….

김영석은 김태학 중사가 쳐다보자 입을 다물었다.

김태학: 그래 어디 미래 법관 나으리 한자 실력 좀 보자.

김영석은 속으로 작게 투덜거리며 장승 앞으로 다가갔다. 글자를 가리고 있던 풀과 나뭇가지를 치운다.

김영석: 일천불…… 일천장생? 아니, 일천장승.
오진철: 뭔 뜻이냐?
김영석: …….
김태학: 김영석이.
김영석: 천 개의 불상과 천 개의 장승이라는 뜻입니다.
윤선우: 천불천승?

김영석이 고개를 끄덕였다.

김영석: 아마도…… 네, 그렇습니다…… 그리고……
봉…… 금제? 봉인하여 못하게 하다?
오진철: 뭘 봉인하는데?

김영석: ……그거까지는 모르겠고.

 장승의 몸은 손상 정도가 심해서 김영석이 말한 한자 외에는 도저히 읽을 수 없었다.
 게다가 검붉은 핏자국도 군데군데 있어 보는 사람으로 하여금 소름 끼치게 했다.

 이관호: 에이씨…… 재수 없게. 소대장님 여기 뭡니까?
 오진철: 천불천승…… 캬, 이름 진짜 간지나는데. 무슨 주문 같은데요?
 이관호 : 천불천승은 무슨…… 근본 없이. 퉤!

 그렇게 다들 장승을 보고 있는 사이, 교수 쪽에서 됐다는 신호를 보내 왔다.

 윤선우: 다들 갈 준비하자.
 김영석: 이거 교수님께 보여 드려야 하지 않습니까?
 윤선우: 어두워지기 전에 베이스캠프부터 찾는 게 급선무다. 너네가 여기다 불 지르지 않는 이상 저게 어디 가겠냐?

 윤선우는 말을 마치고 먼저 숲으로 들어갔다.
 뒤따르는 병사들.

그리고 장비 점검을 마친 교수도 섬의 숲으로 들어섰다.
숲 안쪽은 낮임에도 굉장히 음침했다.
─

[천불천승의 섬] 3화 전반부가 끝났다.

후반부는 신 특성상 하루를 통째로 써야 했기에 우리는 다음 날로 촬영을 미루기로 하고 민박집으로 돌아갔다.

정확히는 조연과 스텝들만.

성시우는 무슨 바람이 들었는지 섬을 한 바퀴 돌고 싶다고 말했다.

"굳이 너까지 안 따라와도 되는데 현림아."

"우리 감독 형, 귀신이 물어 가면 어떡해요? 잘난 동생이라도 옆에 있어 줘야지."

"크큭…… 잘나?"

"그럼 못났나."

"아니지…… 현림이 잘났지. 너무 잘났지."

성시우가 감상적인 사람인 건 예전부터 알고 있었다. 지나가던 혜성한테 진심으로 소원 빌던 친구였는데.

지금 와서 섬 한 바퀴 돌겠다는 게 특이해 보이진 않았다.

단지…….

휘잉~

"으으…… 춥다…… 현림아!"

"누, 누군 안 추운 줄 아나?"

4장 〈229〉

추우면 대충 들어갈 것이지.

하여간 이상한 데서 고집은 잘 피운다.

게다가 이 섬엔 뱀도 산다.

저번 생에선 스텝 하나가 정해진 루트 벗어나 멋대로 돌아다니다가 물리는 일까지 발생했다.

"……."

"……."

우리는 한동안 말없이 해변을 걸었다. 나나 성시우 누가 먼저라고 할 것 없이 서로 나란히.

휘이잉.

밤바람은 차가웠다. 아직 4월인 데다 바닷가니 어찌 보면 당연한 얘기.

솔직한 마음으로는 지금 당장 민박집으로 달려가 이불 뒤집어쓰고 싶다.

하지만 성시우를 그대로 내버려 둘 순 없었다.

왜냐하면.

"대학생 때는 밤에 해변가를 걸으면 그렇게 좋았을 수가 없었는데. 가볍고…… 상쾌하고."

"그럼 지금은 다르단 얘기?"

"아무래도 그렇지? 처지가 다르니까. 그때는 철없이 놀았을 때고, 지금은 감독이니까."

역시.

내 생각이 맞았군.

내가 감기 걸릴 걸 각오하고 성시우의 옆을 같이 걷는 건 오직 한 가지 이유에서였다.

지금 그의 어깨에 드리운 짐이 무겁다는 것을 알고 있다는 것. 그 한 가지 이유.

감독은 작가나 배우가 상상하기 힘들 정도의 중압감에 시달린다.

중압감은 대부분 아니, 거의 제작비에서 온다.

단편 영화 [Into the hole]이나 로코 [죽어도 되는 그놈]은 돈이 많이 들지 않았다.

한정된 장소에서 적은 수의 인원으로 이끌어 가는 내용이었으니까.

하나 [천불천승의 섬]은 결이 달랐다. 외국 돈까지 끌어다 쓰는, 웹 드라마치곤 거대한 프로젝트다.

아무런 부담이 없으면 거짓말이지.

여기서 내가 해 줄 수 있는 건…….

'아무것도 없지.'

이건 성시우만이 감당해야 할 잔이고 짐이었다.

내가 아무리 옆에서 응원한들 잠시일 뿐이다.

감독은 영화 현장에서 가장 빛나는 존재.

왕관을 쓰려면 그 무게를 버텨야 했다.

그걸 버티지 못하고 넘기거나 같이 쓰게 된다면 그게 무슨 소용이겠는가.

내가 그에게 해 줄 수 있는 건 그저 같이 걷는 것뿐.

'뭐 혹여나 뱀이 나타나서 깨문다면 119 부르는 것 정도는 해 줄 수 있겠네.'

"으아악!"

평탄한 백사장에 괜히 자기 혼자 헛디뎌 넘어진 걸 일으켜 세우는 것도 포함해서.

…….

우리는 그 후에도 한 삼십 분 정도 걷다가 [천불천승의 섬] 팀은 묵고 있는 민박집으로 돌아왔다.

우리가 들어갔을 때는 이미 한 상 걸판지게 차려 놓고 있었다.

'얼씨구?'

이제성 PD가 자리에서 일어나 외쳤다.

"솔직히 겁나 아깝다, 손!"

번쩍.

"저요!"

"나!"

"나나나!!"

그러자 앉아 있던 배우들이 다들 수학여행 퀴즈대회라도 온 것처럼 앞다퉈서 손을 들었다.

대체 무슨 일이래?

이제성 PD가 나를 보며 자랑하듯 배를 내밀었다.

"이게 여론입니다! 들리십니까? 천불천승의 섬이 웹 드라마로 끝내긴 아깝다고 여기는 민중의 아우성이!"

민중의 아우성은 무슨.

술 취해서 거나해진 주정뱅이들의 중얼거림만이 가득하구만.

진짜 민중들 들으면 몽둥이 들고 쫓아 올라.

거실은 가히 폭탄이라도 떨어진 듯 엉망이었다.

반은 뒤로 벌렁 드러누워 뒹굴고 있고, 나머지 반은 서로 의미 없는 대화를 나누며 웃는다.

흠 이래서야······.

"······술 얼마나 드셨죠?"

나왔다. 내 등 뒤에서 들려오는 싸늘한 성시우의 목소리.

예상외의 반응에 이제성 PD는 당황한 안색이었다.

"피디님, 잠시 저 좀 볼까요?"

성시우는 그렇게 말하고는 이제성PD를 데리고 밖으로 나갔다.

뒤늦게 정신을 차린 사람들은 서로 눈빛만 교환했다.

'이거 아무래도 좆된 거 같은데?'라는 눈빛을.

"우와! 이 삼겹살 좀 봐. 냄새가 아주 그냥!"

물론 개중에는 정신을 좀 늦게 차리는 부류도 있었다.

"응? 왜 안 드세요? 아, PD님이요? 감독님이 뭐 하실 말씀 있어 데려간 거 아니에요? 우리끼리 먹으면 되는 거지!"

심지어 눈치도 없었다.

나는 한숨을 푹 쉬곤 이 진상을 향해 발걸음을 옮겼다.

"크아…… 배우들이 주당 많다고 하던데 다 이유가 있었네요! 술을 먹어도 먹어도 줄지를 않……."

쫘아아악.

"끄어어억!! 자…… 잠깐 잠깐!"

내가 옆에 앉아 옆구리를 한 움큼 움켜쥐자 이 눈치코치 없는 놈은 괴성을 지르며 몸부림을 쳤다.

한참을 그렇게 이리 비틀고 저리 비틀고 하다 놓자 놈은 분기탱천해서 날 향해 달려들다가 멈칫했다.

"어?"

"그래 나다 새꺄."

그러더니 어색하게 손을 척! 들기까지.

그 눈치 없는 놈은 바로 오덕환이었다.

"여어……! 히…… 히사시부리!"

"오자마자 술이냐? 운동은? 관리는? 노력한다며?"

"어…… 그건 이거 촬영 끝나고부터."

"뒤질래부리?"

내가 눈을 부라리자, 어딜 내놓아도 자랑스러운 오덕환이 딴청을 피웠다.

* * *

오덕한이 눈을 끔벅거렸다.

"그게 화내려고 데려간 거였다?"

"그럼 뭐라고 생각했냐? 누구는 제작비에 대한 중압감으로 아침저녁을 산책하며 더 나은 작품을 만들려고 골몰하는데 누구는 술판부터 열어 제끼고…… 그게 곱게 보일까?"

"생각해 보니…… 그 말이 맞네."

나는 주변을 한 번 둘러보았다. 다들 슬금슬금 자리를 정리하더니 감독의 불호령이 떨어질까 자리를 펴고 잠을 청하기 시작했다.

"그것도 이틀 연속으로 이 모양이니 화 안 내면 그게 감독이냐? 보릿자루지?"

덕환이는 그제야 알겠다는 듯 고개를 끄덕였다.

"흐음…… 그렇긴 해."

사실 그의 입장에선 억울한 면이 있긴 하다. 하지만 나는 오히려 덕환이가 아니라 배우들 들으라고 큰 소리로 말했다. 나중에 덕환이한텐 사과해야겠다고 생각하면서.

"콘티는 준비해 왔어?"

내 말에 오덕환은 아 하는 표정으로 태블릿을 건넸다.

"여기."

―

대대장실 내부.

윤선우가 심각한 표정으로 빔프로젝터가 쏘아내는 영상을 보고 있다. 먼저 간 조사원들이 보내 온 추가 영상이었다.

영상에는 섬 뒤 해안가에 나뒹굴고 있는 장승과 불상들이 보였다.

윤선우: 이건…….

윤선우는 골치가 아프다는 듯 머리를 긁었다.

윤선우: 이건 저 같은 일개 소대장이 감당할 사이즈가 아닌데요.
대대장: 이미 결재를 받아놔서 못 바꿔. 최대한 빨리 후발대를 보내도록 할 테니 너무 걱정하지 말라는 연대장님의 지시일세.

착잡한 얼굴의 윤선우, 영상으로 다시 시선을 옮긴다.
모니터에는 장승과 불상 외에도 사람 시체 같은 무언가가 보인다. 장애물에 가려져 자세히 보이지는 않는다.

이른 아침, 고속도로를 타고 달리는 고속버스가 있다.
안에는 군인들이 편한 자세로 널브러져서 각자 휴식을 취하고 있다.
앞좌석에 앉은 30대 초반의 강인한 인상의 김태학 중사가 못마땅한 듯 살짝 인상을 찡그렸다.

김태학 중사: 이 자식들이…….

반대편 좌석에 편한 자세로 의자에 기대 누운 윤선우가 핸드폰을 보면서 중사를 말렸다.

윤선우: 내버려 두세요.
김태학 중사: 이동 중에도 기본적인 군기를 지키는 게 군인 아닙니까?
윤선우: 이거 다 선팅했구만. 밖에서 안 보입니다. 어차피 우리 지나치는 차도 없고.

김태학 중사는 그럼에도 못마땅한 표정이었다.

김태학 중사: 누가 보냐 안 보냐가 문제가 아닙니다.
윤선우: 어차피 섬에 가면 빡세게 구를 텐데 늘어지게 놔두자고요.
김태학 중사: 농담도. 우리가 구르면 얼마나 구른다고요.
윤선우: 음? 중사님 못 들으셨습니까?

김태학 중사가 모르겠다는 표정을 짓자 윤선우는 의외라는 표정을 짓는다.

4장 〈237〉

김태학 중사: 뭐…… 또 있습니까?
윤선우: 저희 수색 임무 추가됐습니다. 섬 전체요.

이번에는 김태학 중사가 의아한 표정이 되었다.

김태학 중사: 섬 전체를요?
윤선우: 아, 중사님. 어제 휴가 복귀하셨죠?

김태학 중사는 뒤의 병사들을 흘긋 보고는 묻는다.

김태학 중사: 대체 섬에서 무슨 일이 벌어지고 있는 겁니까?
─

"흐음……."
"왜? 좀 이상하냐?"
"아니, 확신이 드는 게 있어서."
"확신?"
"응. 확신."
모두가 잠든 가운데 우리 대화만 거실에 울려 퍼졌다.
한편, 덕환이가 그린 콘티를 보며 나는 재차 확신했다.
덕환이 이 자식, 의외로 재능이 쩌는 놈이라고.

* * *

　성시우 감독과 이제성 PD는 나간 지 30분 만에 민박집에 돌아왔다.
　"그럼 피디님, 나중에 다시 얘기하죠."
　이제성 PD는 고개를 끄덕였다.
　둘 다 표정이 그리 어둡지는 않은 걸 보아 멱살 잡고 이놈 저놈 하지는 않았나 보다.
　하긴, 윗대가리끼리 싸우면 그 팀은 망한 거나 다름없어지니, 적정 수준에서 얘기하고 끝내는 게 낫지.
　성시우는 방에 들어가려다 우리를 보곤 멈칫했다.
　"아직 안 자고 있었어?"
　"감독님 기다리고 있었죠."
　"나? 왜…… 아."
　성시우는 내 옆에 오덕환의 존재를 눈치챘다.
　"현림이 친구…… 덕환이라고 했지?"
　"콘티 그리는 사람이 병원 갔다고 들었어요. 한때 만화가 지망생이었으니 도움이 될 거예요."
　나는 덕환이가 테스트 삼아 그린 콘티를 건넸다.
　"현림아……."
　성시우는 찡한 표정으로 받아 들었고 나는 어깨를 으쓱했다.

"이제 밤에는 좀 주무시죠?"

감독이 열정 넘치는 건 좋지만 그게 과해서 밤에 잠을 안 잔다?

흐릿한 정신에 나오는 결과물이 멀쩡할 리가 없다.

한편 덕환이의 콘티를 넘기는 성시우는 감탄을 내뱉었다.

"오…… 상당한데?"

"그렇죠?"

"오늘도 콘티 수정할 생각이었는데."

한시름 덜은 표정이 된 성시우를 보니, 구원투수를 준비해 준 보람이 있었다.

그때, 모두 잠들고 셋만 남아 대화하는 거실에 한 명이 더 들어왔다.

"어? 덕환이네? 오랜만이다."

임하영이었다.

오덕환의 눈이 놀라움으로 동그래졌다.

"누나? 누나도 여기 드라마 찍으러 왔어요? 아까 안 보이던데 어디 계셨어요?"

"나는 혜령이 언니랑 방에서 얘기 좀 하고 있었어."

임하영이 가장 안쪽 방을 가리켰다.

"우와…… 우와…… 우아."

재차 감탄한 덕환이는 갑자기 뭔가를 깨달은 듯 날 향해 느끼한 눈빛을 마구 발사했다.

이 새끼 설마?

"오해다."

"현림아······."

"오해라고."

"나는 니가 친구라서 참 좋다."

"말하면 좀 듣는 시늉이라도 해 봐 임마."

하지만 이미 나를, 자신과 임하영을 이어 주는 오작교로 착각하고 있는 덕환이는 바보같이 실실대고 있을 뿐이었다.

"누나 혹시 무슨 역이에요? 이거 밀리터리 호러라고 알고 있는데."

"아, 나 후반에 나와. 그슨대라고, 좀 무서운 역이야. 으흐흐."

귀신 흉내를 내며 돌아다니는 임하영. 그 모습은 무섭다기보단 그저 귀여울 뿐이었다.

오덕환이 이해가 안 간다는 표정으로 목을 매만졌다.

"그런데 벌써 오셨어요?"

우뚝.

아기처럼 기어 다니는 임하영이 그대로 굳어 버렸다.

"아······ 아아. 그건 말이지. 나도 촬영 분위기에 젖고 싶었거든."

"그래요?"

몸을 돌려 똑바로 앉은 하영이가 대답했다.

"으응. 다들 촬영하고 뭐 하고 하는데 나 혼자 떨어져 있으면 좀…… 외롭잖아."

바보라도 알 수 있을 정도로 더듬는 저 모습을 보면 하나도 수긍이 안 간다.

뭔가가 있긴 한데…… 물어보긴 뭐 하고 냅두자니 눈에 밟히고 그렇단 말이지.

"아아. 그렇구나. 누나, 완벽히 이해했어요."

넌 또 거기서 뭘 납득하고 있냐?

* * *

다음 날.

아침 일찍 일어난 제작부와 연출부는 곧장 영청도로 건너갔다.

태양이 눈부신 낮이 되어서야 세팅 작업이 마무리되었다는 연락이 왔다.

민박집 분위기가 순간 부산스러워졌다.

"야, 오덕환. 일어나자."

"으으…… 5분만…… 새벽 3시까지 콘티 그려야 했다고."

"그럼 충분하네. 9시간 자고 더 자게?"

"으으으……."

대자로 퍼질러서 자는 오덕환.

확 첫날처럼 기상나팔 볼륨 맥스로 때려 버릴까?

위기의 오덕환을 구해 준 사람은 임하영이었다.

"덕환아, 누나랑 같이 현림이 연기하는 거 보러 갈까?"

"넵!"

언데드처럼 괴상한 신음을 내며 이불에 몸을 비비던 덕환이는 임하영의 말 한마디에 귀신같이 일어나 뒷정리하고 세수까지 끝마쳤다.

"넌…… 참 한결같다."

배우들이 민박집 마당에 먼저 모였다.

다들 성시우와 이제성 PD가 나오길 기다리면서 옆을 흘끔거렸는데, 나츠는 자신을 향한 시선을 눈치를 못 챈 듯 연신 하품만 할 뿐이었다.

덕환이가 마당 화단 벽돌에 앉은 내게 속삭였다.

"저 사람 일본 사람 같은데?"

"같은데가 아니라 맞아."

"뭐? 일본 사람이 이걸 찍으러 왔다고?"

미쓰이와 얽힌 세세한 이야기를 굳이 털고 싶지 않아 그저 고개를 끄덕였다.

나츠는 3화 후반부에 윤선우 일행에 합류하는 일본인 어부역이다.

바다에서 고기를 잡다가 풍랑을 만나 조난당해 이 섬에 흘러들어오게 되는 그의 이름은 나가이.

그래, 우리를 홀랑 벗겨 먹으려 들었던 그놈 맞다.

윤선우에게 섬에 대한 정보를 주면서 군인들이 요괴들에게 무기력하게 쓸리지 않도록 돕는 조언자 역할인데, 후반부턴 오지게 구르기 때문에 훗날 이 웹 드라마를 보게 될 그 인간이 재밌어하기를 바랄 뿐이다.

"깡도 좋지. 여길 혼자 오다니."

"같이 온 사람들도 있는데 지금 영청도로 가 있어."

"쟤만 냅두고? 왜?"

왜긴 왜야. 노하우 빼먹어야 하니까 그렇지.

물론 우리도 어느 정도 오픈하기로 했으니 눈치 안 보고 우르르 몰려가는 건 이해는 한다만.

"그래도 배우인데 한두 명은 붙여 주지. 타지에 외롭게 말이야."

내 생각 역시 덕환이와 같았다. 저래서야 너무 낙동강 오리알, 아니 후지산 돌멩이 신센데.

"후우…… 보아라 유현림. 이 몸이 한일 양국의 우호 친선에 먼저 첫발을 내딛고자 하노라."

"……맘대로 해라."

덕환이는 헛기침을 흠흠 하더니 나츠에게 다가갔다.

이쪽이야 덕환이가 나츠가 심심하지 않게 말을 걸어 주면 고마운 입장이다.

하지메 마시떼가 처음이자 끝이 아니기만 하다면 말이지.

잠시 후, 성시우가 이제성과 통역과 함께 안에서 나왔다.
이제, 영청도로 이동할 시간이다.

             * * *

[천불천승의 섬] 3화 후반부.
섬의 숲으로 들어선 윤선우 일행.
무성한 수풀을 걷는 병사들 몸에는 땀이 줄줄 흐르고, 날벌레들이 자꾸 달라붙어 불쾌하다.
무전기를 붙잡고 있는 김태학 중사에게 윤선우가 다가갔다.

윤선우: 아직 안 됩니까?

무전기에는 치익, 치익 소리만 들린다.

김태학 중사: 이상하군요. 아까 해안가에서만 해도 분명 신호는 잡혔는데.
윤선우: 그땐 뭐라던가요?
김태학 중사: 지금 바쁘니 베이스캠프에 도착할 때 자신들이 없더라도 기다려 달라고 했습니다.
윤선우: 바쁘다고요?

윤선우가 주변을 둘러봤다.

윤선우: 굉장히 조용하군요.

김태학 중사가 동의하듯 고개를 끄덕였다.

김태학 중사: 마치 섬 전체가 숨을 죽이는 것 같습니다.

다시 걸어가는 윤선우와 소대원들.
섬 분위기가 마음에 안 드는지 연신 고개를 휘휘 젓는 이관호 병장의 눈에 이상한 것이 보였다.
더 자세히 보기 위해 연신 눈을 비빈 후, 찡그리는데 잠시 후…….

이관호: 으아아악!!

숲을 가득 메우는 이관호의 비명. 모두 깜짝 놀란 눈으로 이관호를 바라봤다.

최상식: 왜 그럽니까? 뭐 있습니까?

이관호는 대답 대신 기겁한 표정으로 손가락을 뻗어 숲

안쪽을 가리킨다.

  이관호: 저거…… 저건…….
  윤선우: 야, 이관호! 말 똑바로 해. 뭐야? 무슨 일이야?
  이관호: 저기…… 저기 위에 보십쇼. 소대장님…….
  윤선우: 뭐?

 윤선우는 짜증이 나는 듯 얼굴을 구기며 이관호가 가리키는 방향으로 시선을 따라갔다.
 그때, 윤선우 그리고 다른 사람들이 동시에 표정이 하얗게 질렸다.

  오진철: 이런 미친!
  나준상: 세상에…….

  김영석: 뭐야. 저게…… 뭐냐고!

 그 외 각자 비명과 욕설을 내뱉으며 경악한 표정을 지었다.
 30미터쯤 앞에 커다란 나무가 한 그루 보인다.
 그리고 그 나무의 가지마다 시체들이 꿰어져 있었다.
 마치 때까치가 먹잇감을 나뭇가지에 꿰어 놓듯.
 시체들이 과일처럼 나무에 대롱대롱 달려 있었다.

4장 〈247〉

* * *

"와…… 시발."

오덕환이 욕설 섞인 감탄을 내뱉었다.

얘뿐만이 아니었다. 배우들은 물론 나츠마저도 비주얼에 연신 감탄하는 모습이었다.

'시체나무' 신이 끝나고 나무로 달려간 오덕환은 시체, 그러니까 시체 인형들을 만져 보고 사진을 찍으며 벌어진 입을 다물지 못했다.

"대본으로만 봤을 때는 그저 막연하기만 했는데 이렇게 보니까 진짜…… 와 뭐라 설명이 안 된다. 진짜 충격적이야."

"그게 목적이니까."

시체나무는 소대원, 그리고 시청자들에게 이 섬이 어떤 섬인지, 그리고 어떤 일이 일어날지에 대한 기대감을 증폭시킨다.

정확히는 '이 섬에는 사람을 먹잇감 또는 놀잇감으로 여기는 정체불명의 존재들이 숨어 있다.'라는 암시를 충격과 함께 뇌리에 각인시킨다.

프롤로그에 나온, 사람을 덮친 촉수꼬리 구미호처럼, 군인들의 가벼움에 느슨해진 관객들의 긴장을 다시 끌어모으는 역할이었다.

"현림이 너…… 진짜 대단하다."

감탄 어린 눈으로 바라보는 덕환.

"혜연이하고 하영 누나가 너 대본 대단하다고 했을 때는 재미는 있어도 대단한지는 잘 몰랐는데…… 진짜 확 와닿는다."

그래, 덕환아. 지금이라도 알았으면 됐다.

"현림 씨, 감독님이 찾습니다."

연출부가 날 찾았다.

* * *

다들 기겁해서 다가갈 생각을 하지 못하는 시체나무.

윤선우가 경계 자세로 다가가고, 김태학 중사가 뒤따른다.

자세히 보니 시체들은 가지각색의 옷을 걸친 상태였다.

군복, 북한 군복…… 일본 군복까지?

도대체 이건 뭐지? 하는 의문이 윤선우와 김태학 중사의 머릿속에 떠올랐다.

-움찔.

가장 근처에 있는 시체가 갑자기 움직이자 윤선우와 김태학 중사가 기겁해서 총부리를 겨눴다.

자세히 보니, 시체가 아니었다.

……살아 있다!

생존자를 나무에서 빼내 간단한 응급처치를 한 후, 윤선우가 자초지종을 물었다. 하나 되돌아오는 건 일본말뿐.

윤선우: 일본말 할 줄 아는 애 누가 있지?
김태학 중사: 나준상 병장이 할 줄 압니다.

잠시 후, 나준상이 윤선우와 생존자 사이에 앉아 통역해 주기 시작했다..
그러면서도 시선은 계속 시체나무를 향해 있어 조금이라도 수틀리면 도망갈 기세였다.

윤선우: 이름은?
나가이: 나가이…… 나가이 마코토.
윤선우: 언제부터 이 섬에 와 있었지?
나가이: 일주일 전쯤에, 고기를 잡다 풍랑을 만나 난파당해서 이곳에 떠내려왔다.
윤선우: …… 이 개 같은 짓거리를 한 놈은 누구지? 북한? 중국? 아니면 러시아?
나가이: …….
윤선우: 말해라. 나가이.

나가이는 침묵을 지키고, 나준상은 계속 둘의 눈치만 봤다.

윤선우는 고개를 들어 시체나무를 쳐다봤다.
수십구는 됨직한 시체들이 빼곡하게 꿰어져 있다.
철컥-.
윤선우가 총을 장전하자 나준상은 물론 옆에 있던 김태학 중사마저 놀라서 입을 벌렸다.

김태학 중사: 소대장님!
윤선우: 나준상.

낮지만 힘 있는 목소리.

나준상: 네…… 네! 병장 나준상.
윤선우: 이놈한테 한 마디도 빼먹지 말고 전해라. 이 좆 같은 곳에서 우리 도움을 받고 싶다면 그럴 만한 가치가 있다는 것을 스스로 입증하라고.

생전 처음 듣는 윤선우의 차가운 목소리에 주변 사람들 모두 얼어붙었다.

윤선우: 말해.

조용한 목소리, 하지만 거부할 수 없는 힘이 담겨 있었다.

* * *

"……컷."

성시우가 간신히 끊었다.

좌중은 조용했다. 스탭과 배우들 역시 멍하니 서서 유현림을 바라보았다.

그중에는 오덕환도 포함되었다.

그는 넋 나간 시선으로 유현림을 멍하니 쳐다보았다.

[Into the hole] 때 놀러 온 성혜연과 똑같은 모습이었다.

* * *

친구.

친구라는 건 반갑고 익숙한 존재다.

언제 어디서라도 일정한 맛을 보장해 주는, 인생의 국밥 같은 존재.

그래서 사람들은 친구를 통해 안정감을 느끼고 또 새로운 시도를 한다.

가끔 친구가 뜻밖의 행동을 하더라도 국밥에 새롭게 치는 조미료 정도로 여기며 색다른 맛을 느낄 뿐이다.

그런데, 그 조미료가 너무 뜻밖이라면 어떨까?

너무 굉장한 조미료라 낯섦을 느낄 정도라면 어떻게 생각할까?

 지금 그걸 오덕환은 느끼고 있었다.

 '무슨……'

 오덕환은 마음속의 말을 맺지 못했다.

 지금 자신이 본 건 이상한 게 아니다.

 땅이 보랏빛으로 변한 게 아니고 하늘에 태양이 두 개 생긴 것도 아니다.

 그저 친구의 연기였을 뿐이다.

 그 친구가 지나치게 잘생기긴 했다만, 상황 자체만 보면 평범하기 그지없는 장면이었다.

 '그런데…… 이건.'

 오덕환은 자신이 본 것을 뇌가, 아니 자신의 기억이 낯설어한다는 것을 느꼈다.

 대체 왜?

 이유는 어렵지 않게 찾을 수 있었다.

 바로 저 윤선우. 차가운 카리스마를 뿜어내는 소대장 때문이었다.

 '내가 알던 유현림 맞아?'

 얘가…… 얼마 전까지 자기와 같이 학식에서 밥을 먹고 가끔 술도 같이 마시던 그 친구라고?

 저 서릿발 뚝뚝 떨어지는 냉정한 군인이? 얘가 걔라고?

낯선데.

오덕환은 속으로 중얼거렸다.

저건 연기일 뿐이다.

사람이 바뀐 건 아니다.

내가 바보도 아니고 그걸 모를 리가.

"……."

그래도 낯설었다.

심지어 오덕환의 눈에는 유현림 주변에 수많은 마스크가 둥둥 떠 있는 환상까지 보였다.

필요하다면 언제든지 원하는 마스크를 자유자재로 꺼내 쓸 수 있는 존재처럼 보였다.

물론, 능력자 배틀 만화에서나 보일 법한 모습이었기에 오덕환은 황급히 고개를 저었다.

'내가 만화를 너무 많이 봤구나.'

오덕환 평생에 처음 해 본 생각이었다.

* * *

임은규 역시 감탄했다.

'우와…… 대체 뭐냐? 쟤?'

저게 윤선우 역을 연기 중인 유현림이라고?

윤선우가 그동안 유현림인 척한 건 아니고?

'예상외인데…….'

사람들 앞에선 겸손을 표하긴 했지만, 스스로는 내심 또래 중에선 상위급 연기력을 가졌다고 여겼다.

 그 증거가 실버스틱 엔터테인먼트 액터 2팀의 에이스라는 칭호였고.

 물론 임은규는 자기 분수를 아는 사람이었고, 자신이 상위권에 위치한다 해도 그 위로 더 뛰어난 또래들이 있는 건 당연하다고 생각했다.

 머릿속으로만 있다고 여겼던 더 상위의 또래.

 처음으로 직접 만난 건 유현림이었다.

 항구 신에서 괴담을 듣고 떠벌리는 이관호, 아버지 친분을 믿고 주도권을 가지려고 했던 교수를 그대로 눌러버린 연기력을 보고 직감했다.

 '나보다 더 나은 연기력.'

 연기를 언제 시작했는지, 필모가 어떻게 되는지는 중요하지 않았다.

 당장에 눈에 보이는 퍼포먼스가 자신보다 나았다.

 그래서 같은 액터팀 동료들이 애써 자신을 치켜세웠을 때도 고개를 저었다.

 저걸 부정하는 것은 자기기만이니까.

 물론 좌절하지는 않았다.

 '손에 잡힐 듯했으니까.'

 뻗으면 잡을 수 있을 만한 위치였으니까.

 ……착각이었다.

임은규는 손톱을 깨물다 다시 뗐다.

이건 나쁜 버릇이었다. 초조할 때마다 나오는 나쁜 버릇.

손톱에 묻은 침을 근처 풀에 쓱쓱 비벼 지운 후 다시 주변을 둘러보았다.

스텝들은 물론 배우들도 멍한 표정이었다.

'내 착각이었어.'

오만한 착각.

시체나무 신에서 유현림은 모두를 압도했다.

항구에서 교수와 이관호를 눌러 버렸다면, 시체나무에서는 모든 소대원은 물론 생존자마저 압도했다.

그렇다고 그가 뭔가 대단한 감정 표현을 했느냐?

임은규는 자신도 모르게 고개를 저었다.

'아냐.'

그는 울거나 웃기는커녕 화를 내지도 않았다.

그저 차가운 눈빛과 목소리 그리고 작은 움직임뿐이었다.

그걸로 충분했다. 다른 모두를 신에서 몰아냈다.

'나였다면 어땠을까?'

내가 윤선우였다면.

"……."

노력해 봤지만 그림조차 그려지지 않았다.

생각을 끝낸 임은규는 다시 유현림에게 시선을 돌렸다.

'유현림.'

임은규는 자신도 모르게 다시 손톱을 깨물었다.

* * *

성시우가 컷을 외치자마자 이런 생각이 들었다.
'괜찮았어.'
확신이 들었다. 내가 이 신을 쓰면서 생각했던 윤선우의 모습을 그대로 뽑아냈다는 것을.
윤선우.
겉으로는 엄격하고 진중해 보이는 성격.
그 내면은 군인으로 승승장구해야 아버지에게 인정받을 수 있다는 압박을 항상 품고 있는, 이른바 외강내유의 캐릭터다.
그런 캐릭터가 이번 섬 수색 작전에 임하게 되면 어떤 생각을 할까?
'뻔하지.'
아무런 인명 피해 없이, 무슨 일이 있는지 알아낸 후, 가능하다면 문제의 원인을 해결한 후 복귀한다.
그 와중에 간부로서 보여야 하는 지휘력도 빼먹을 수 없다.
항구 신에서 이관호와 교수를 눌러 버린 건 그런 심리의 연장선이었다.
시체나무 신도 마찬가지다.

임무를 완벽히 수행하고 모두 무사히 복귀해야 하는 간부가 시체나무를 본다면 어떤 생각이 들까?

'잘못하다간 누구 하나 죽는다.'

왜냐고?

시체 중에는 군인들도 많았으니까.

즉, 우리 역시 그렇게 될 수도 있다는 얘기니까.

내면에서 피어나오는 동요를 억눌러야 한다. 생존자에게서 최대한 정보를 얻어 낸다. 회유든 협박이든 상관없다. 필요하다면 폭행도 불사한다.

그렇게 해서 이 섬에 대한 정보를 얻어 내야만 여기서 무사히 복귀할 가능성이 커진다.

'그러니까 이번 신은 윤선우가 주인공이 되어야 해.'

저런 복잡한 심리의 발현이었기에, 주인공의 캐릭터를 그대로 드러내는 장면이었기에 이 신의 주인공은 윤선우여야 한다.

성시우 쪽으로 시선을 돌리니 팔짱을 낀 모습이 보였다.

한 손으로는 연신 턱을 쓰다듬는 게 생각이 복잡한 듯 보였다.

'당연하지.'

감독이라면 이번 신의 주인공을 누구로 할지 명백하다.

나가이 마코토.

시체나무에서 살아난 생존자이자 앞으로 일행에게 중

요한 정보를 제공할 조언자.

그런 귀중한 존재의 첫 등장이니만큼 그에게 포커스를 맞추는 게 당연하다.

'하지만.'

오히려 내가 힘을 빡 줬다. 신의 주인공을 나가이가 아닌, 윤선우로 바꿔 버렸다.

원래라면 거침없이 다시 리트라이를 외쳤겠지.

하지만 지금 그는 고민하고 있을 거다.

'어떻게 할 거냐, 시우야?'

너라면 뭔가 이상한 점을 눈치챘겠지. 의도와 벗어났는데 오히려 예상치 못한 결과가 나왔음을 알아차렸겠지.

'NG든 굿이든.'

난 내 최선을 다했지만, 너가 뭘 선택하든 따른다.

넌 감독이니까.

이 현장의 총 책임자니까.

* * *

성시우는 머리를 벅벅 긁었다.

'와, 이건 진짜 예상외인데?'

배우들을 쉬게 해 놓고 계속해서 모니터를 돌렸다.

'어떻게 이런 그림이 나오지?'

처음, 시체나무에서 현림이가 갑자기 존재감을 드러낼

때 시우는 이상하다는 것을 느꼈다.

'……이게 맞냐, 현림아?'

대본상으로는 처음으로 나츠가 모습을 드러내는 부분.

얘는 단역이 아니다.

지속적으로 활약하며 후반부까지 주인공을 돕는 든든한 우군이다.

플롯에서 상당한 지분을 차지하는 조연이니만큼 첫 등장에 힘을 줘야 한다.

그게 당연하다.

그런데…….

'현림아, 네가 갑자기 힘을 왜 주는데?'

처음에는 의아했다.

주인공이라 하더라도 등장하는 모든 신의 주인이 되지는 못한다. 때로는 조연이나 악역, 심지어 단역에게도 존재감을 양보해야 하는 때가 있다.

'대체 왜?'

얘가 그걸 모를 거라 생각이 들지는 않는데.

당연히 NG다.

신을 되돌려서 정당한 주인에게 돌려줘야 하니까.

유현림은 잘못된 주인이니까.

그게 당연한 생각이었다.

그저 되돌리기 전, 한번 보기나 하자고 모니터를 확인했을 뿐인데.

"……."

"의외로…… 괜찮은데?"

이제성 PD가 조심스레 입을 열었다.

성시우는 침묵했다.

이제성 PD의 의견이 마음에 안 들어서가 아니다.

오히려 딱 맞아떨어졌다. 자신이 봐도 괜찮았다.

단지 그가 침묵을 지킨 이유는.

'왜 괜찮지?'에 대한 해답을 내릴 수 없어서였다.

물론 의문은 오래가지 않았다.

성시우의 머릿속에 깨달음이 스쳐 지나갔다.

'그런 거였나.'

대개 게임이나 만화에서, 아니 모든 콘텐츠에서 대적자는 주인공보다 강하다.

그뿐이 아니다.

때로는 주인공보다 지혜롭고, 똑똑하며 심지어 사회성조차 더 좋다.

그게 보편적이다.

왜?

작가들은 왜 대적자를 그렇게 설정할까?

단순히 주인공이 고통받고 핍박받는 모습을 보기 위해서?

자신이 만들어 낸 창조물이 고난과 역경을 겪는 모습을 보기 좋아하는 사디스트라서?

아니다.

오히려 그 반대다.

역경과 고난이 험할수록 이겨 내는 자가 대단해지니까.

대적자가 강하고 위대할수록 그 대적자를 극복하고 이겨 내는 주인공이 더더욱 강하고 위대해지니까.

손뼉도 마주쳐야 소리가 나듯, 주인공 혼자 아무리 위대해질 잠재력을 가지고 있고 대적자 혼자 아무리 잘나 봐야 의미가 없다.

서로 맞부딪혀야 의미가 생긴다.

그게 신에서든 플롯에서든 말이다.

'그걸 아주 잘 써먹네. 현림이.'

성시우는 미소 지었다.

유현림은 그걸 모르지 않았다.

오히려 유현림은 손뼉 법칙을 그대로 써먹었다.

단지 상대방이 대적자가 아니라 생존자였을 뿐.

성시우는 모니터로 시선을 돌렸다.

화면에는 얼음 같은 눈빛과 목소리로 생존자, 나가이 마코토를 위협하는 윤선우 소대장이 보였다.

그리고 나가이 마코토는 자기를 향하는 총부리를 보면서, 필사적으로 눈을 굴리고 심지어 땀까지 뻘뻘 흘린다.

나무에 매달려 있다가 간신히 살아났는데 이번엔 구해 준 사람들에게 목숨의 위협을 당하다니.

보는 사람은 누구라도 그의 입장에 이입하게 된다.

그런 상황에서 생존자가 어떻게서든 자신이 알고 있는 정보를 말하게 된다?

그 정보의 가치는 올라간다.

시청자의 마음속에 생존자의 입지는 훨씬 커지게 된다.

그게 동정심이든 뭐든 간에 말이다.

이 부분을 생존자가 일본인이라는 점과 결부시킨다?

성시우는 한 번 상상해 봤다.

"하하하."

자신도 모르게 웃고 만다.

이제성 PD와 스텝들이 의아한 눈으로 자신을 쳐다봤지만, 전혀 신경 쓰지 않고 오히려 현림이를 바라보았다.

현림이 역시 자신을 보며 씨익 웃는 모습이 보였다.

그 모습을 보고 재차 웃는 성시우.

"하아…… 넌 대체 정체가 뭐냐, 현림아?"

어쩔 땐 한없이 동생 같다가 어쩔 땐 의젓한 형 같다.

같이 있다 보면 종종 나 자신이 쟤한테 홀린 것 같단 말이지.

현림이를 술이라고 칭한 연 실장의 마음이 이해될 정도였다.

"후……."

잠시 눈을 감고 뜬 시우가 스텝들에게 말했다.

"이대로 가죠."

혹 계산에 어긋나더라도 그 결과물이 좋다면 괜찮다.
'오히려 좋은 표본을 얻은 셈이지. 기억해야겠어.'
성시우는 그렇게 이번 일을 자신의 연출뇌에 저장했다.

* * *

"역시."
나는 그렇게 중얼거리며 회심의 미소를 지었다.
'이번 생은 예전보다 더 나을 줄 알았어. 시우야.'
예전 생의 성시우는 연출 에고가 어마어마했다.
촬영 중, 그림이 자신이 미리 계산한 대로 나오지 않으면 둘 중 하나였다.

될 때까지 하거나 아니면 그 신을 아예 갈아엎거나.
'덕분에 PD고 조감독이고 고생을 작살나게 했지.'
나 역시 그런 시우와 시도 때도 없이 말싸움했을 정도니까.

'어떻게 사람이 평소엔 허허거리며 한껏 느슨해졌다가 촬영장만 들어오면 싹 변했지.'
평소와 180도 대비되는 완벽주의자로.
겪어 본 사람이 안다는 환장할 성격 덕분에 참 오지게도 싸웠지만, 차마 그를 탓할 순 없었다.
그 이유를 알기 때문에.
'그러니까 이번 생은.'

절대 그렇게 흘러가도록 두지 않을 것이다.
그렇게 하기 위해선 해 놓아야 할 수많은 일들.
"으윽."
이것들을 잠시 떠올리니 골치가 아파진다.
"나 참."
나는 속으로 가만히 투덜거렸다.
알 수 없는 섭리로 인해 시간은 되돌려졌고, 몸은 더욱 젊어졌다.
하지만 해야 할 일은 더욱 많아졌고 그걸 위한 시간은 여전히 촉박하니 참 아이러니했다. 어쩌면 이게 인생의 본질인지도 모르겠다.
문득 고개를 드니, 짐을 챙긴 스텝과 배우들이 나를 보며 숲을 향해 손짓하는 중이었다.
'다음 신이 아마……'
윤선우와 소대원들이 생존자를 데리고 숲 속의 베이스캠프에 도착하는 내용이었지.
"후."
담배를 피워 본 적 없지만 아마 흡연자라면 지금 반드시 피우리라 확신한 순간이었다.
'그러면, 인생의 본질을 제대로 느끼러 가 볼까?'
나는 몸을 일으켰다.

5장

5장

 우리는 영청도의 숲으로 들어갔다.
 4월이지만 벌써 갈색을 완전히 대체한 녹색이 우릴 반겨 주었다.
 이것은 즉······.
 '아, 드럽게 힘드네.'
 이동 난이도가 획기적으로 올라갔다는 얘기다.
 성시우와 제작부원들이 고생고생하면서 그나마 쉬운 길을 개척했다고 하는데, 이게 쉬운 길이면 어려운 길은 무슨 녹색의 지옥일까 싶다.
 "으······ 따거."
 덕환이는 풀에 쏠린 팔을 연신 긁어 댔다.
 안 그래도 면적이 커서 어지간한 풀잎들은 다 스치고

지나가는 모습을 보면 뒤따르고 있는 나조차 괜히 온몸이 가려워지는 기분이 들었다.

"덕환아, 운동해라."

"갑자기 그 얘기가 왜 나오는데? 아 따거."

"해."

"……응."

다들 말없이 걷기만 했는데도 이마에 땀이 한두 방울씩 맺혔다.

그나마 바람이라도 불어서 다행이었다. 지금이 6월이었다면 진짜 끔찍했겠는지.

다들 슬슬 속으로 투덜거릴 때쯤, 시야가 환해지는 느낌이 들면서 커다란 공터가 나타났다.

이어서 어디서 끌고 왔는지 짐작도 안 갈, 철조망과 국방색 컨테이너로 어우러진 베이스캠프 세트장이 우릴 반겼다.

"와아……."

세트장을 보고 모두 감탄을 내뱉었다.

"우와, 이거 대박인데?"

"진짜다! 진짜!"

"와…… PTSD 올라 그래…… 메르스 때 휴가 복귀해서 격리된 곳이 딱 이랬는데."

다들 한마디씩 떠들었고 나 역시 감탄을 내뱉었는데…….

'이야 제작부 진짜로 뺑이쳤겠는데?'

이 거대한 컨테이너와 철조망들을 이 숲 깊숙한 곳까지 옮기다니…… 실화냐?

보면서도 안 믿긴다.

세트장 곳곳에 그들이 작업하면서 내뱉었을 탄식과 한숨이 귀에 들리는 것 같아 눈가가 시큰해졌다.

"감독님 빨리 촬영 들어가시죠. 저희도 좀 쉬고 싶습니다."

물론 이들의 헤드인 제작부장의 말소리는 바로 내 옆에서 들렸다.

우리는 베이스캠프 안에 컨테이너 하나를 잡아 짐을 풀었다.

여기서 군필과 미필의 차이가 극명하게 드러났는데, 미필들은 컨테이너에 짐을 놓고 나가야 하나 말아야 하나 정하질 못하고 머뭇거리는 동안.

"으여차!"

"으이구야!"

군필들은 거리낌 없이 몸을 던지곤 각자가 하나의 슬라임이 되어 버렸다.

저걸 우리가 부르는 말이 있지.

예비군 모드라고.

대한민국 남자의 지덕체 능력치를 무려 반 이하로 떨어뜨리는 무시무시한 디버프 모드다.

동시에 가장 꼴 보기 싫은 모드기도 하고.

여기저기 널브러진 군필들을 보니 궁금하다.

왜 남자는 예비군 모드가 되면 한껏 추하게 늘어질까?

평소엔 멀쩡한데 왜?

참 미스테리하단 말이지.

"현림이 넌 왜 형들 옆에 같이 늘어져서 쪼개고 있냐?"

"어…… 어쩌다 보니?"

일단은 나도 군필이거든.

예비군 모드는 강한 전염성을 가졌다.

연출부원이 우릴 찾아 컨테이너에 들어왔을 때쯤엔 군필 미필할 것 없이 모두 한 마음이 돼서 한껏 늘어져 있었다.

"헤이, 츄라이."

연출부원을 향해 악마의 손짓을 했다.

이름하야 나태의 악마.

하지만 더 무서운 존재가 연출부원 어깨 뒤로 모습을 드러냈다.

컨테이너에 들어온 성시우가 우리 꼴을 보더니 입가를 씰룩였다.

자세히 보니 그의 이마에 힘줄 1 스택이 살짝 돋아난 상태다.

누가 봐도 스팀 예열 중이라는 게 명백했다.

성시우는 컨테이너 안을 휘휘 보더니 날 발견하곤 충격이라는 표정을 지었다.

'근데…… 이게 그렇게 상처받을 일이었어?'
성시우가 진짜 그렇게 받아들였다면 좀 미안한데.
그래도 킹비군 모드는 어쩔 수 없는걸?
우리는 미적거리다 성시우 이마에 힘줄 2 스택까지 쌓이는 걸 보고 나서야 몸을 일으켰다.
자자. 베이스캠프 입성 신 찍어야지.

　　　　　　　　＊　＊　＊

[천불천승의 섬] 3화 최후반부.

모두의 표정은 무거웠는데, 특히 교수는 사색이 돼서 혼잣말로 뭔가를 연신 중얼거렸다.

윤선우: 다들 정신 차리고 경계 태세로.

윤선우의 말이 떨어지자마자 부대원들은 정신을 차리고 황급히 총을 꺼내 나무 주변을 살폈다.
그런 그들 귀에 들려오는 중저음.

윤선우: 다들 개미 새끼보다 조금이라도 큰 걸 발견하면 즉시 자기 철모를 두드려라.

윤선우의 속마음이 나레이션으로 들려왔다.

'해안가에서 베이스캠프로 향하는 루트는 이 길밖에 없어.'

고개를 돌려 시체나무를 본다. 가지에 달린 시체들은 여전히 보기만 해도 섬뜩했다.

'그러면 저 미친 짓은 경고인가? 무슨 경고지? 더는 들어오지 말라고? 먼저 온 사람들은 과연 무사할까?'

윤선우는 부대원들의 얼굴을 힐긋 봤다.

자신들을 둘러싼 숲을 경계하는 부대원들의 얼굴에는 명백한 긴장이 내려앉아 있었다.

숨 막히는 정적의 숲.

어느 정도 시간이 지났지만 더 이상 기괴한 일은 일어나지 않았다.

윤선우가 휴식을 명령하고는 눈짓으로 김태학 중사와 교수를 으슥한 곳으로 불렀다.

교수는 물론 김태학 중사도 살짝 질린 표정이었다. 어디까지나 애들 앞이라 태연한 척했을 뿐.

김태학 중사: 저것도 혹시 연대장님이 얘기해 주셨습니까?

윤선우: 그랬다면 고작 우리만 보냈겠습니까?

교수: 군부대에서도 몰랐다는 말씀이신가요?

윤선우: 교수님도 들으신 바는 없어 보이는군요.

교수: …….
윤선우: 염려 마십시오, 이래 봬도 대대에서 한가락 하는 놈들만 모아놨으니까.
교수: 이런 곳인 줄 알았으면 안 왔지.

세 사람이 시체가 달린 나무를 올려다봤다.

김태학 중사: 어떻게 할까요?

윤선우는 잠시 생각을 정리하고는 입을 열었다.

윤선우: 베이스캠프로 최대한 빨리 이동합시다.
교수: 저 시체들은…….
윤선우: 유감스럽지만, 저 시체들에 우리가 해 줄 수 있는 건 지금 아무것도 없습니다. 섣불리 올라갔다가 저 짓을 벌인 놈들이 알아차릴 수도 있고 전염병이나 독극물에 의한 오염이 있을 수도 있습니다.

여기까지 듣고 나서야 교수와 김태학 중사는 고개를 끄덕였다. 납득한 모양새다.
김태학 중사가 부대원들을 윤선우 앞으로 모았고, 윤선우는 긴장한 부대원들에게 나직이 말했다.

윤선우: 우리는 최대한 빨리 베이스캠프로 이동한다.
안철진: 저…….
윤선우: 질문은 나중에 받도록 한다 저 미친 짓을 벌인 놈들이 근처에 있을지도 모르니까 최대한 빨리 움직이도록 한다.
오진철: 하아…… 이럴 줄 알았어! 꿀은 무슨 꿀, 말년에 훈장 받게 생겼네.

 빠르게 숲을 지나쳐 가는 와중에도 보일 건 보였다. 아까 큰 나무만큼은 아니지만, 숲 곳곳에 매달린 시체들이.
 하지만 소대장도 그렇고 김태학 중사도 그렇고 애써 모르는 척하는 것 같았다.
 달려가듯 걸어가는 와중에도 다들 침묵하는 건 이 숲에서 느껴지는 기묘한 기운 때문일까.

오진철: 시발…… 시발…….
최상식: 괜찮으십니까?
오진철: 괜찮아 보이냐? 호러 영화 한복판에 떨어졌는데?

 호들갑을 떠는 오진철. 그 옆을 부대원들이 지나친다.

서한얼: 진짜 어떤 미친놈들일까?

이관호: 뒤진다. 진짜 걸리기만 해 봐라.

힘을 줘 가슴 근육을 부풀리는 이관호.

오진철: 별일 없겠지?
최상식: 별일 없게 만들어야죠. 설마 무서우세요?
오진철: ……안 무섭냐, 니는?

오진철의 물음에 최상식은 씨익 웃고는 자신의 총을 툭툭 쳤다.
최상식: 여차하면 액션 영화 한 번 찍는 거죠.
오 병장: 넌 진짜 대단하다.

무더운 숲을 걷는 건 체력 소모가 엄청나다. 그것도 시체나무로 한껏 긴장한 채 걸으면 더욱더.
30여 분 후, 부대원들은 탈진해서 기진맥진하고, 김태학 중사마저 버거운 듯 왼손으로 허벅지를 연신 두드렸다.
얼마나 걸었을까?
눈앞이 환해진다. 부대원들 앞에 공터가 나타났고, 베이스캠프가 모습을 드러냈다.
철조망으로 경계를 치고 컨테이너 막사와 급조한 창고들로 이루어진 베이스캠프.
드디어 목적지에 도달한 부대원들의 표정이 밝아지려

는 찰나, 윤선우가 손을 들어 일행을 멈추게 했다.

윤선우: 다들 스톱.

윤선우의 말에 의아한 부대원들은 곧 이상한 점을 알아차렸다.

오진철: 아무도 없어? 이렇게 사람들이 다가가는데?
베이스캠프에는 숨 막히는 정적만이 감돌았다.
김태학 중사가 경계 자세를 취한 채 입구 쪽을 살피고 돌아왔다.

김태학 중사: 소대장님, 초소도 텅 비었습니다.
윤선우: 빌어먹을, 역시 무슨 일이 났군. 다들 주위를 경계하면서 따라온다.

베이스캠프 입구를 향해 조심스레 걸어가는 윤선우와 부대원들.
보초가 있어야 할 입구 초소에는, 오랫동안 누가 온 적이 없는지 먼지만이 수북하게 쌓여 있다.

윤선우: 최상식, 이관호.

윤선우가 눈짓하자 부대원 중에 가장 피지컬이 좋은 최상식과 이관호가 입구 문을 잡아당겼다.

끼이이익-.

꽤 큰 소리를 내며 철망 문이 열렸지만, 베이스캠프 안에는 여전히 어떤 소리나 움직임도 없었다.

최상식과 이관호는 흡사 뱀이 쫓아올세라 허겁지겁 부대원 쪽으로 뒷걸음쳤다.

윤선우는 손가락을 튕겨 김태학 중사를 불렀다.

윤선우: 중사님, 중사님 조 애들하고 같이 베이스캠프 왼쪽을 돌아 주세요.
김태학 중사: 알겠습니다. 소대장님은?
윤선우: 저는 애들하고 오른쪽 돌겠습니다.

말을 마친 윤선우는 부대원들은 기묘한 침묵만이 감도는 베이스캠프로 들어섰다.

* * *

[천불천승의 섬] 3화가 끝나자 배우들은 온통 밝은 표정이었다.

왜냐하면 컨테이너로 돌아가면 다시 예비군 모드로…….

"스톱."

성시우가 도깨비 눈으로 우릴 부라렸다.

"동작 그만."

무시무시한 살기에 우린 모두 움찔하곤 딴청을 피웠다.

"또 드러누우시게요?"

역량이 뛰어난 감독은 배우들 얼굴만 봐도 속마음을 훤히 안다더니 그게 틀린 말은 아닌가 보다.

성시우도 그 이상은 말하지 않았다.

내색은 안 했지만, 분명 그도 만족했을 테니까.

원래 계획이라면 시체나무 신 하나만 가지고 종일 찍을 걸 생각이었을 텐데, 다들 괜찮은 연기로 오히려 다음 신인 베이스캠프까지 진도를 나갔다.

배우와 스텝들 모두 텐션이 이렇게 좋다. 그런데 그 텐션에 초 칠 정도로 눈치 없는 친구가 아니지 암.

스텝들이 장비를 챙기고 나니 석양이 깔렸다.

우리는 촬영에 필요한 짐은 컨테이너에 두고 다시 민박집으로 건너왔다.

다들 기분이 좋아 보였고 그건 나 역시 마찬가지다.

여러 가지 일들이 있었지만 어쨌든 [천불천승의 섬]은 순항 중이다.

무려 25퍼센트나 진행했는데 아무런 사고도 없다니.

마치 하늘이 우릴 축복하는 듯싶었다.

"현림아!"

민박집에 들어서자마자 기다렸다는 듯 오덕환이 다급한 목소리로 불렀다.

"하아."

한숨이 절로 나온다.

얘가 우리 없는 동안 또 무슨 사고라도 쳤나?

"……무슨 일인데?"

"하영이 누나가 지금 아파! 열이 펄펄 나!"

* * *

임하영이 갑자기 왜 아픈지에 대해 알기 위해 우리는 즉각 서혜령과 면담에 들어갔다.

"맨날 밤바람 쐬고 다니니까 감기 걸린 거예요. 내가 그렇게 말렸는데……."

말을 마친 서혜령이 한숨을 푹 쉬었다.

"밤바람이요?"

성시우 감독의 물음에 서혜령이 고개를 끄덕였다.

"얘가 요새 생각이 많은지 나한테 상담도 요청하고 바람 쐬고 싶다고 나 데리고 바닷가 산책하고 그랬거든요. 밤에요. 저는 추위에 약해서 금방 돌아오곤 했는데 얘는 그러고도 몇 시간이나 있다가 오더라고요. 그 나이에 무슨 고민이 그리 깊은지."

서혜령의 목소리에는 안타까움이 듬뿍 묻어 있었다.

나는 그녀가 퇴폐적인 이미지와는 달리 근본적으로 선한 사람이라는 인상을 받았다.

서혜령의 얘기를 다 들은 성시우는 그녀를 돌려보내곤 피곤한 듯 눈가를 문질렀다.

"어쨌든 하영 씨를 이대로 둘 수는 없어요."

"어떻게 할까요, 감독님."

이제성 PD의 질문에 성시우는 잠시 침묵하다 입을 열었다.

"하영 씨를 집에 데려다줍시다."

"민박집에 두거나……."

"아뇨, 그러면 하영 씨를 돌봐야 하는 인원들이 필요한 데다 여긴 섬이에요. 위급할 때 바로 병원으로 데려가기도 힘들어서 좋은 생각은 아닙니다."

"근처 병원에 맡기면……."

"……감기 환자를 입원시키진 않을 겁니다."

나는 생각에 잠겼다.

베이스캠프부턴 윤선우의 존재감이 살짝 희미해지고 그 자리를 다른 조연들이 치고 올라온다.

각 조연이 자신의 캐릭터성을 드러내며 노는데, 숨 막힐 듯한 작중 텐션을 이완시켜 주는 역할을 한다.

그리고 이 이완은 곧 있을 참극을 더욱 쫄깃하게 만들어 주는 역할을 하게 되고.

'뭐, 당분간은 좀 느긋해지겠군.'

그동안 혜연이 원고라도 좀 봐 둘까? 저번에 얘기 들어 보니까 선아라하고 둘이 단편 만드는 것 같던데.

그렇게 생각에 빠져 있느라 나는 시우와 제성, 두 사람이 날 뚫어져라 쳐다보는 것을 한 박자 늦게 발견했다.

"……왜요?"

"어떻게 생각하냐, 현림아."

"결정하세요, 현림 씨."

뭔데?

되묻고 싶지만 차마 열 살 연상의 형들이 얘기하는 동안 딴생각했다고 말할 수는 없었다.

으음…….

이럴 땐 치트키가 있지.

"저는 다수결에 따르겠습니다."

그래 이 정도면 무난한 대답이지.

내 말을 들은 두 사람은 서로를 보며 묘한 미소를 지었다.

"……너도?"

"응. 나도!"

"……."

대체 뭐야? 뭐냐고?

두 사람은 서로를 향해 고개를 끄덕였고, 시우가 내 어깨를 잡았다.

"현림아. 하영이 집에다 좀 바래다주겠니?"

"네?"

"부탁한다. 너밖에 없다. 걔네 집에 데려다주고 나오렴."

……아니, 얘기가 어쩌다 거기까지 튀었지?

* * *

이제성 PD가 나와 임하영을 기차역까지 바래다주었다.

"마음 같아선 집까지 바래다주겠는데 촬영 때문에……."

PD는 아쉬워하면서 돌아갔다.

용산역으로 가는 다음 기차를 예약했다.

시간이 늦어서인지 논산역에는 사람이 별로 없었다. 발밑으로 싸늘한 공기가 느껴졌다.

"누나, 여기 누워요."

의자에 눕힌 다음 가져온 옷을 덮어 주고 편의점에서 가져온 핫초코를 주었다.

그녀는 몸을 틀어 몇 모금 홀짝이더니 옷깃을 다시 여몄다.

"사람들한테 너무 미안한데."

그러니까왜 4월, 쌀쌀한 밤바람! 쐬고 다니면서 무리를 하느냐 차라리 첫날처럼! 술 마시고 자는 게 낫지 않겠느냐~ 같은 잔소리 늘어놓는 대신 기운 차리라는 말만 건넸다.

기차가 도착하고, 나는 임하영 맞은편 대각선 자리에 앉았다. 기차 객실에도 사람이 없어 퍽 조용했다.

"혹시 몸 안 좋거나 그러면 바로 말해요."

고개를 끄덕이는 임하영.

"다음부터는 좀 더 몸을 소중히 여기시고요."

"……응."

배우들은 몸이 알파이자 오메가다.

몸값이 억을 넘는 배우들은 몸 관리에 굉장히 철저하다.

일정 앞두고 몸이 아파 펑크라도 내면 직장인 연봉은 우습게 날아가 버리니까.

물론 지금 임하영에게 이런 얘기는 해 봤자 실감이 안 가겠지,

임하영은 그새 잠들었는지 새근거리는 소리만 들려왔다.

시우나 덕환이가 얘 좀 닮았으면 얼마나 좋을까, 싶을 정도로 조용했다.

그때.

까톡-

-하영 누나 좀 잘 바래다줘.

오덕환이 보낸 문자였다.

-그렇게 걱정되면 너도 같이 오지 그랬냐.

-으윽. 난 감독님이 부탁한 콘티가 남아서.

얘도 묘하게 책임감이 강하단 말이지.

그렇게 임하영이니 성혜연이니 노래를 부르면서도 이런 건 칼같이 지키는 걸 보면, 앞으로도 믿고 맡길 만하다는 생각이 들었다.

-성시우 감독님 잘 좀 부탁한다.

-난 모른다. 나머지는 본인이 알아서 하시겠지. 그리고 이 말 할까 말까 고민했었는데.

-뭔데?

-그냥, [천불천승의 섬]이나 [신들이 계시는 어스름 절터] 커뮤니티에 검색 좀 해 보라고.

-왜?

-대본이니 연기니 안 그래도 바쁠 놈한테 괜히 더 부담 가게 하는 것 같아서 가만히 있었는데 방금 문득 얘기는 해야겠다는 생각이 들어서. 가면서 대충 훑어보기만 해 봐.

전에 봤던 그 묘한 악플들이 떠올랐다.

오덕환이 이렇게 언급할 정도면, 어느 정도 파도가 만들어진 듯했다.

-일단 알았음.

그렇게 우린 몇 마디 더 톡을 나누다가 끊었다.

그나마 더 나눌 이야기가 있다면 혼자 있는 시간에 술

이라도 마시면서 스트레스를 풀겠다는 보고 아닌 보고였지만.

난 선선히 그러라고 했다.

콘티 수정 작업을 하는 오덕환 역시 엄밀히 말하면 스텝이라고 할 수 있겠지만, 막상 얘가 현장 가면 하는 일이 별로 없기에 성시우한테 태클이 들어올 것 같지는 않았으니까.

'내일 촬영이라…….'

베이스캠프에 들어간 윤선우와 부대원들은 주변을 정리하고 짐을 푼다.

윤선우와 김태학 중사는 간부 숙소로 들어가 자료를 찾고 정리하는 사이, 부대원들은 놀자판을 벌인다.

부대원들 각각이 가진 성격과 개성이 드러나게 되는데, 여기서 시청자들은 말 많은 오진철, 파이터 이관호, 농부 최상식과 더불어 생존자 나가이가 어떤 캐릭터인지 확 체감한다.

'윤선우는 신에서 당분간 아웃 된다는 얘기.'

그래서 성시우와 이제성이 나를 지목해서 임하영을 데려다주라고 한 것이고.

충분히 그럴 법하다.

'그래도 아까는 당황했지만.'

…….

나는 어이가 없어 물었다.

"왜 저예요?"

"당분간은 네가 촬영 없으니까 그렇지."

그렇지…… 그렇긴 하지. 하지만.

"전 남잔데?"

"그 남자 중에서 네가 제일 하영이하고 친하잖아, 현림아."

주변에 배우들도 동의하듯 고개를 끄덕였다.

으음…… 그거 팩트긴 한데.

"서혜령 누나는요?"

"나 내일 촬영 바로 있는데."

아, 그렇군.

밤에는 흡연을 금지한 김태학 중사.

물론 튀어나온 돌멩이는 어디에나 있기 마련이고, 오진철은 또 다른 돌멩이. 김영석과 나준상을 꼬드겨 베이스캠프에서 빠져나와 담배를 피운다.

숲 행군의 피로가 담배를 피우자 씻은 듯이 사라지고 어느덧 몽롱한 기분이 되었을 때, 나준상은 베이스캠프 주변을 엉금엉금 기어 다니는 무당복 여자를 보고 당황한다.

오진철과 김영석을 불러 보지만, 오직 나준상의 눈에만 보이는 그녀는 그 뒤로도 계속 베이스캠프를 빙빙 돌다가 사라진다.

그 여자가 바로 서혜령 역.

꽤 임팩트 있는 첫 장면으로, 빼먹는다는 건 말이 안 됐다.

나는 한숨을 푹 쉬었다.

"어쩔 수 없네요."

임하영을 저대로 내버려 둘 순 없다.

지금은 약간의 열뿐이지만 앞으로 더 심해질지 아닐지 알 수 없는 상황이니까.

서혜령이 방에서 임하영의 짐을 가지고 나왔다.

……

"으음."

임하영이 앓는 소리를 내었다. 놀라서 고개를 들면 어느새 다시 평온한 표정. 방금은 잠깐 꿈자리가 불편했나 보다.

'이렇게 보면 천상 그 나이대 얼굴인데.'

물론 임하영이 늙어 보인다거나 그런 건 아니다. 그랬으면 내가 '귀족 영애'니 뭐니 하는 별명을 떠올렸을 리도 없다.

나한테 임하영은, 20대답지 않게 처세가 능숙하고 계산이 빠르며 아래를 보지 않는 여자였다.

다른 사람이 보면 애어른 같다거나 나이에 맞지 않게 성숙한 아이라고 말할 것이다.

나도 그녀가 트라우마 버튼을 쓰다듬지 않았다면 비슷한 평가를 했겠지.

그래서 더욱 이상했다.

'도대체 왜 왔을까?'

[천불천승의 섬]은 나나 임하영이 학생이어서 목금을 쉬는 대신 주말을 끼고 촬영한다.

그렇게 보자면 임하영의 신은 촬영을 아무리 앞당긴다 해도 다음 주 주말부터였다.

이번 주는 1초도 출연하지 않는다는 얘기다.

'왜 굳이 따라왔을까?'

방금 했던 질문이 다시 뇌리를 맴돌았다.

단순히 촬영 분위기에 떨어지고 싶지 않아 같이 참가한다고?

가능은 하겠지. 성혜연이나 오덕환이라면.

임하영 같은 부류는 굳이 오지 않는 부류거든.

'대체 왜 왔을까?'

* * *

성혜연의 방.

간만에 친구들하고 한 잔 마시고 들어온 성혜연.

씻고 가벼운 차림으로 갈아입은 후 마스크팩을 뜯는다.

기분 좋은 촉촉함이 얼굴을 감쌌다.

"그래, 이거지."

요새 일정이 빡빡했다.

관리할 시간이 나지 않아 지친 피부가 우기의 사막 모래처럼 영양분을 듬뿍 흡수하는 기분이었다.

"하아."

기분 좋은 한숨.

우우웅.

'아씨.'

성혜연은 눕자마자 울리는 전화 진동음에 살짝 짜증을 냈다. 이제 막 팩 다하고 누운 참인데.

'어떤 눈치 없는 인간이야, 이 시간에…… 어?'

"현림이?"

'얘가? 이 시간에?'

이건 너무 뜬금없지 않아?

한참 영청도에서 촬영하고 있을 텐데?

자기한테 전화 올 일이 없을…… 으윽 있구나.

'서…… 설마, 현림이 너?'

거기서도 나한테 낼 대본 숙제 생각하고 있었어?

우우웅…… 우우웅.

"으으으."

마음은 힘들었지만, 고민은 짧았다. 지금 안 받는다고 포기할 애도 아니고, 오히려 괘씸죄 붙여서 더 빡세게 내겠지.

'피할 수 없으면 받아들여야지.'

체념한 성혜연은 볼에 마스크팩을 살짝 떼어 낸 다음 전화를 받았다.

"여보세요?"

* * *

용산역은 막차 시간이 거의 다 됐음에도 사람들이 많았다.

"여기쯤일 텐데…… 오!"

광장 의자에 앉아 있던 성혜연.

내 생에 네가 이렇게 반가운 날이 올 줄이야.

혜연이는 나와 임하영을 보고 어이가 없다는 표정을 지었다.

"그 말이 진짜였어?"

"그럼 뭔 줄 알았어?"

"……아냐. 도대체 하영 언니를 얼마나 괴롭혔길래 몸살을 다 걸려?"

"누가 들으면 내가 혹사시킨 줄 알겠네."

이쪽은 단 1도 뭐라 한 적 없다.

임하영이 어쩌다 몸살 걸렸는지 들은 성혜연은 알았다는 듯 고개를 끄덕였다.

"섬 바람이 춥긴 하지."

성혜연은 임하영의 이마를 만지곤 눈이 동그래졌다.

"열이 좀 심한데?"

"……어?"

이마에 손을 대 보니 확실히 뜨거웠다.

기차에 타기 전에는 이 정도까진 아니었는데.

"언니 괜찮아요? 저 혜연인데 알아보시겠어요?"

"응……."

혜연이가 몸을 흔들었지만, 임하영은 간신히 눈을 뜨곤 다시 감았다.

지금 그녀의 모습을 말하자면, 드라마에 나오는 몸살 환자 딱 그대로였다.

"혜연아, 택시 잡자.

이건 도저히 걸을 수 있는 상태가 아니었다.

자꾸 잠들려고 하는 하영이를 반 억지로 깨워 집 주소를 알아낸 후, 택시에 같이 탔다.

"기사님, 지금 누나 상태가 많이 안 좋으니까 빨리 좀 부탁드릴게요."

택시 기사는 나와 임하영의 얼굴을 번갈아 보더니 인명이 걸린 사건을 담당한 변호사 특유의 굳은 표정을 지었다.

"벨트 매세요. 손님들."

뭐지? 목소리가 필요 이상으로 비장한데?

기사는 내비를 무시하고 다른 곳으로 달렸다.

"기사님?"

"내비대로 가면 100km 이상 내기 쉽지 않아요."
……그 정도면 차고 넘치는 거 아닌가?
"꽉 잡으쇼."
부산…… 사투리?
부아아앙!
…….

"우욱."
"현림아 괜찮아?"
성혜연이 가로수를 붙잡고 쪼그린 내 등을 두드렸다.
"하아…… 하아…… 혜연아 나 뭔가 SF 영화의 한 장면을 겪은 것 같아."
그…… 워프 이동이라고 하나?
택시 기사는 소싯적에 카트 좀 모셨는지 드리프트와 부스터 밟는 게 예사롭지 않았다.
실력은 진짜였는지 용산에서 선릉까지 15분 만에 올 수 있었지만, 덕분에 내 속은 뒤집어졌다.
"으…… 가자."
비틀거리며 일어나 하영이를 부축했다.
이미 자정을 넘긴 시각, 열나는 애를 밤바람 계속 쐬게 해 봐야 좋을 게 없으니까.
나와 성혜연은 임하영을 부축한 채, 그녀가 말해 준 오피스텔로 들어갔다.

임하영을 부축하고 온 나를 도끼눈 부라리며 노려본 경비는 이어서 들어오는 성혜연을 보더니 이내 인자한 미소를 허허 지으며 들여보냈다.

역시 혜연이를 부르길 잘했어.

심야에 남자 혼자서 축 늘어진 여자를 부축하고 돌아다니기엔 서울은, 너무 정의감이 투철한 사람이 많거든.

하영이의 오피스텔 주소는 1601호였다.

"나중에 이 은혜 톡톡히 갚을게, 혜연아."

"녹음하게 다시 한번 말해 줄래?"

우리는 그렇게 피식거리며 집 앞에 도착했다.

"잠깐만, 내가 먼저 들어갈게."

"왜?"

"왜긴 왜야? 하영 언니도 여자라고. 내가 먼저 대충 치운 다음에 들어와."

하긴, 여자라고 방이 무조건 깨끗하지는 않으니까.

아무리 친하다지만 가족도 아닌 남자를 무조건 들여보내는 건 평소의 임하영도 거절했을 법했다.

"대충 침대 있는 방만 치워 둬."

고개를 끄덕인 성혜연은 임하영한테 들은 비밀번호를 입력하고 먼저 들어갔다.

'너도 나한테 빚 하나 진 거다, 하영아.'

나만 독박 쓸 순 없지.

이마를 재차 만져 보니 기분 탓인가 열이 좀 내려간 듯

했다.

그때, 혜연이가 나왔다.

뭐지? 들어간 지 1분도 안 됐는데?

"벌써 나와?"

"……."

하지만 성혜연은 아무런 대답이 없었다.

표정도 이상했다. 즐겁거나 화나거나 슬픈 게 아닌, 뭔가 이해할 수 없는 걸 본 듯한 표정이었다.

왜 저러지?

잠시 후.

"일단 언니 데리고 들어와, 현림아."

"오케이."

임하영을 들쳐 업고 집안에 들어선 순간.

나는 왜 혜연이가 그런 표정을 지었는지 알 수 있었다.

방.

안쪽 내부는 커다란 방이었다. 추가 개조를 한 듯 여분의 방 하나 없는 하나의 커다란 방.

"……."

그리고 이 방에는 아무것도 없었다.

* * *

사람은 누구나 자기 방을 꾸미고 싶어 한다. 그건 당연한 욕망이다.

하다못해 드라마나 영화에 나오는 감옥에서도 죄수들은 나름의 소품으로 방 안을 데코레이션하기 마련.

심지어 감성이 메말라서 그러한 욕구가 희미한 사람일지라도 책상이나 침대를 살 때 어느 게 더 나은가 한 번쯤은 고민하기 마련이다.

그래서 사람에 대해 알려면 그 사람이 사는 방을 한 번 보는 게 큰 도움이 된다.

……그 방에 아무것도 없다면?

그러면 그런 사람을 어떻게 생각해야 할까?

지금 내 앞에 펼쳐진 임하영의 방이 그렇다.

마치 아직 아무도 입주하지 않은 것처럼 깨끗하기 그지없었다.

좀 둘러보고 나서야 방 구석진 곳에 문 여는 옷장하고 그 안에 돌돌 말린 이불을 발견했지만, 그걸 감안하더라도 이건 너무 예상외였다.

"으음……."

가벼운 옷으로 갈아입힌 다음 임하영을 이불에 누이고 난 뒤, 우리는 서로를 쳐다보았다.

"여기가 진짜 언니 사는 집 맞을까?"

"그러니까 여기 주소를 말했겠지."

말은 그렇게 했지만 나도 확신은 서지 않았다.

바닥에 쌓인 먼지의 흔적을 보면 동선이 보여 그럭저럭

사람 사는 방 같았지만…… 이게 사람 사는 곳이라고?

차라리 공장의 로봇 창고가 더 사람 사는 곳 같겠다.

임하영이 돈이 없는 것도 아니다. [죽되놈] 때 분명 광고가 들어왔었으니까.

작가로만 살아왔던 나이기에 광고 단가가 어떤지 모르지만, 의자 하나 침대 하나 못 살 정도로 박살 나진 않았을 터.

"이 누나도 정상이 아니네."

"현림아, 이거."

혜연이가 현관문 쪽 구석에 놓인 액자를 발견했다.

액자는 기껏해야 혜연이 손바닥만 한 크기였는데, 꼬마가 부모님으로 보이는 두 남녀의 손을 잡은 사진이었다.

세 사람 뒤로 OO 유치원 입원을 환영한다는 간판이 달린 유치원 입구가 보였다.

이 꼬마가 누군지는 뻔했다.

그러나, 꼬마한테는 아이 특유의 천진난만한 미소가 없었다.

콜록-!

이불을 감은 임하영이 얕은 기침을 내뱉었다.

"……혜연아. 가능하면 하영이 누나 너네 집에다 재워 줄 수 있어?"

"내 방에?"

"응…… 너한테 빚진다 생각할게."

이 방에 재웠다가는 감기가 낫기는커녕 폐렴으로 바뀌겠다.

성혜연은 간헐적으로 기침을 뱉는 임하영을 보고 한숨을 내쉬었다.

"빚은 무슨…… 그냥 데려갈게."

"고마워."

"됐어, 이런 데다 환자를 내버려 두고 홱 돌아설 정도로 내가 인간미 없지는 않아."

"그래도."

나는 임하영을 다시 둘러업었다.

* * *

임하영을 성혜연의 집까지 데려다주고 나니 새벽 2시가 다 됐다.

성혜연은 나한테도 이불하고 베게 가져다줄 테니 거실 소파에서 자고 가라고 제안했지만, 나는 고개를 저었다.

"집주인은 땅바닥에 자게 하고 나만 푹신한 소파에서 드르렁 하는 게 말이 되냐?"

"난 바닥에 자도 되는데?"

"나도 집에 가도 되는데."

"택시비가 얼마나 나올 줄 알고."

"내 택시비지 네 택시비냐?"

"와, 저 고집불통."

…….

이번에 택시는 다행히 브레이크와 친한 기사님이었고, 조금 늦긴 했지만 편안한 마음으로 올 수 있었다.

방에 들어와 눕자마자 피로와 졸음이 몰려왔다.

몸 상태로 봐선 내일 오후에나 일어날 것 같았다.

까톡.

-누나 잘 데려다줬어?

"……."

덕환이 이 자식 혹시 초능력이라도 있나? 타이밍 기가 막히네.

-ㅇㅇ 방금 혜연이네 집에 두고 오는 길.

-ㄹㅇ? 혜연 양은 잘 계시는지?

-평소와 같지 뭘. 그리고 내일 아침에 감독님 깨어나시면 나 금요일 밤 차 타고 간다고 말해 줘.

-내일 안 오고?

-일정이 너무 빡세.

자정을 넘겼으니 월요일, 오후에 차 타고 내려간다 해도 저녁에 도착이다. 그날 촬영은 끝이란 얘기.

화요일에 하루 찍고 수요일 수업 받으러 그날 저녁에 올라오는 건 체력으로 보나 시간으로 보나 너무 비효율적이다.

-촬영 미뤄도 괜찮아?

-ㅇㅇ 유도리 가능함.

어차피 화요일에 찍을 씬도 간부 숙소에서 데이터 영상과 기록 찾아보는 내용이다.

실내 신인 데다 다른 등장인물과 상호작용도 없기에 다음 자투리 시간 때 찍어도 크게 걸릴 건 없다는 얘기.

차라리 월요일 화요일 푹 쉬고 수업 잘 받은 다음에 금요일날 내려가는 게 더 낫다.

-ㅇㅋ 알았어.

-땡스.

이러니저러니 해도 덕환이가 현장에 있어 든든하군.

'그건 그거고……'

임하영.

작가로 살면서 많은 사람을 만나 봤다.

거의 영화나 드라마 계통 쪽 사람이었고, 대부분 일반 사람과 다른 특이한 면이 있었다.

그게 자연스러운 것이든 인위적인 것이든 간에 말이다.

처음에는 흥미롭고 신기하기도 했으나 나중에 가면 시들해졌는데, 이 특이한 면이란 게 대부분 중2병과 관종이 다른 갈래로 퍼져 나간 아종과 비슷했기 때문이다.

배우란 대부분 감수성이 풍부한 법인데 이게 또 관종이나 중 2병하고 통하는 갈래가 있는 모양이다.

그걸 알고 나니 배우들이 어떤 특이한 모습을 보이든 겉으로만 감탄할 뿐, 속으로는 심드렁해했다.

그런데…… 임하영은 달랐다.

사람이 사는 방을 통해 그 사람의 내면을 엿볼 수 있다면, 저건 도대체 어떻게 해석을 해야 하는 것일까?

결핍이 가득한 황량한 방.

저것에 비하면 차라리 고시원 단칸방이나 감옥이 더욱 인간 냄새 풍기는 곳이라 할 수 있다.

그나마 사람 냄새가 남아 있는 무언가를 짚자면 사진.

유치원 앞에 부모와 손을 잡은 어릴 적 임하영의 사진이었다.

도저히 평상시 그녀와 어울리지 않은 표정.

대체 무슨 일이 있었을까?

내가 아는 임하영에 관한 정보는 많지 않다.

원로 배우 임배율 씨의 손녀. 어머니는 금수저 집안에 들어갔지만 결혼 생활은 그리 행복하지 않았다는 것 정도.

추가로 해외에 나가 극단 경험을 해 봤다는 것까지.

아무리 생각해 봐도 결국 부모 말고는 짚이는 게 없었다.

"……."

아서라 강림아. 니가 뭐라고.

자고로 남의 집 가정사는 외부인이 함부로 추측하는 게

아니라 했다.

* * *

월요일 오전, [천불천승의 섬] 팀이 묵고 있는 민박집.
"이번 주 금요일 날?"
"네, 현림이 말에는 화요일 신은 주말 자투리 시간에 몰아서 찍겠답니다."

희미하게 풍겨 오는 술 냄새를 애써 무시하며 성시우는 고개를 끄덕였다.

이 친구는 어제도 밤새워서 콘티를 수정했다. 그리고 지금 시우 본인 손에 결과물이 들려 있는데, 굉장히 마음에 들었다.

이 정도면 이번 주 안으로는 추가 콘티 작업 없어도 될 것 같고, 자기 몫을, 아니 기대한 것 이상을 해낸 친구에게 술 냄새 좀 풍긴다고 뭐라 하긴 그랬다.

"알겠어요."
"별말씀을, 그럼 전 이만 올라가 보겠습니다. 주말에 내려올게요."
"지금요? 왜 좀 쉬다 가시지."
"하핫, 당장은 제가 필요 없을 텐데 괜히 식비나 축내기 전에 올라가 보겠습니다."

성시우는 차마 고개를 끄덕이지 못했다.

역시 현림이 친구 아니랄까 봐 디테일에 신경 쓰는 부분이 닮았다.

"……고생 많으시네요."

오덕환의 두 눈이 글썽거렸다.

"후…… 현림이가 감독님 성품 반만 닮았더라면 참 좋았을 텐데요. 그럼, 이만!"

덕환이는 짐을 챙겨 가다 말고 잠시 몸을 돌렸다.

"아, 그리고 저한테 말 놓으셔도 됩니다."

"알았어."

진짜 닮았어.

성시우는 그렇게 생각하고 몸을 돌렸다.

오늘도 찍어야 할 신들이 많다.

베이스캠프에 들어간 부대원들이 짐을 풀고 놀아 제끼는 장면, 간부들 몰래 술 나눠 마시면서 으쌰으쌰 하는 장면.

으쌰으쌰가 너무 심해서 싸움이 일어나고 김태학 중사가 발견하는 장면.

처벌로 강제 동초를 서게 된 병사들이 한밤중의 섬 숲에서 이상한 것들을 발견하는 장면 등등.

"할 일은 많은데 시간은 없구나…… 응?"

그렇게 중얼거리며 민박집에 들어선 시우의 눈에 처음 비친 것은, 거실 구석에 숨기다 만 빈 술병들이었다.

오덕환?

……아냐.

분명 오덕환은 밤새 콘티 고치느라 따로 마련해 준 방에 있었을 터였다.

성시우의 표정이 슬쩍 굳어졌다.

* * *

시민대학교 예대 카페.

주변에는 봄을 맞아 한껏 단장한 새내기들이 까르르 웃으며 돌아다녔다.

참 보기 훈훈한 광경이었다. 유통기한 1년짜리 훈훈함.

저 새내기들 아마 1년만 지나고 나면 야작과 연습에 쩔어 퀭한 얼굴로 좀비처럼 돌아다니겠지.

"그래서, 그것 때문에 날 불렀다고?"

찰랑 머리가 인상적인 이 몸의 친구, 선일이는 내가 대답이 없자 재차 물었다.

"예대에 교수에 대해 잘 아는 사람 혹시 아냐고? 진짜 그거 묻기 위해 나 부른 거야?"

"응."

내가 고개를 끄덕이자 선일이가 날 보고 짓는 표정은 '뭐지, 이 새낀?' 그 자체였다.

"뭐지, 이 새낀?"

"너무 필터 없이 말하는 거 아니냐?"

"너야말로 너무 필터 없이 나 부르는 거 아냐?"
"나름 진지한 문제이긴 한데."
"무슨 문젠데?"
"그건 비밀."
"진짜 뭐지, 이 새낀?"

방금 건 그렇게 말해도 인정. 김선일의 입장에선 어처구니없겠지.

어쩔 수 없다.

"너 예전에 나한테 소개팅 해 볼 생각 없냐고 했잖아. 그게 예대였다며? 그럼 어느 정도 발 걸치고 있는 거 아니었어?"

"발 걸치고 있는 거하고 이런 부탁 하곤 얘기가 많이 다르잖아요, 유현림 씨. 저한테 동기를 주세요. 이런 일엔 동기가 있어야 한다. 아입니까."

"지금 당장 말하기는 뭐 해서, 나중에 말해 줄게."

내가 할 수 있는 말은 이것밖에 없었다. 임하영에 대한 추측을 타인에게 함부로 말할 순 없는 노릇이니까.

추측, 그래 내 개인 추측이다.

무슨 추측이냐 하면······.

'서신산 생일 파티하던 날이었지.'

그날 임하영은 나를 시민대학교 예대로 불렀다.

처음에는 반호영인지 반호감인지 하는 여미새 선배 놈 연기 초대 때문에 어쩔 수 없이 갔다고 생각했지만, 그녀는 의외의 말을 꺼냈다.

-원래는 다른 사람 만날 생각이었어. 교수.
-응, 원래는 오늘 출근하는 걸로 알고 있었는데 연구실에 안 계시더라고. 그래서 어디 갔나 돌아다니다 만난 거야, 저 사람은.
-원래는 잠깐 보고 너랑 만나서 바로 가려고 했는데, 없으니 어쩔 수 없지.

그냥 아는 교수를 굳이 토요일에? 그것도 타 대학교 교수를?
말이 안 된다.
어지간히 친한 사이라면 가능이야 하겠지만 돌아가는 상황을 보니 그런 눈치도 아니었고.
"……."
어쩌면 임하영이 그날 찾으러 왔던 교수란 사람이 임하영 개인과 연관이 있다는 것.
그게 내 추측이었다.
그렇게 봐야만 그날 임하영의 행보가 이해되기 때문이다.
조금 더 상상의 나래를 펴 볼까?
그 교수가 임하영의 부모일 수도 있을 것이다. 현재 관계는 안타깝게도 단절된 상태인데, 그 당시 [죽되놈]의 주연을 따낸 하영이가 그 기회에 관계를 회복하려고 찾아왔지만, 불발된 걸로도 생각할 수 있을 것이다.

'어디까지나 상상의 나래이지만.'

그래서 우선은 그 교수가 누군지, 어떤 관계인지부터 알아야 할 것이다.

선일이는 궁금증 도는 듯한 어조로 말했다.

"뭘까? 무슨 일이길래 니가 나한테 이런 부탁까지 할까?"

"그냥 호기심이야."

"호기심?"

"응, 개인적인 호기심."

항상 궁금했다. 임하영과 성혜연. 이 둘이 왜 지난 생에서는 이름 없이 사라졌는지.

둘 다 필요한 재능을 갖춘 데다 의지도 의욕도 넘치는 애들이다. 결코 중간에 그만둘 것 같지 않아 보였는데.

지금, 임하영 쪽은 실마리가 잡힐 듯 보였다.

* * *

수요일이 되어서야 임하영이 괜찮아졌다는 연락을 받았다.

월요일날 성혜연은 날이 밝자마자 임하영을 질질 끌다시피 해서 병원까지 데려가 옆을 지켰다.

덕분에 화요일 밤부터 임하영이 정신을 차리게 되었다는데, 그전까지 혜연이도 마음고생 심하게 했다고 한다.

-언니는 돌아갔어. 내가 말렸는데 끝까지 사양하더라.

그 황량한 방이 뭐가 그리워서 급히 돌아갔을까.

나는 궁금증을 애써 억누르고 대답했다.

"고생 많았어, 혜연아."

-그래, 내가 좀 고생했지.

스스로 공치사하는 혜연이가 얄밉기는커녕 대견해 보였다.

수업 다니면서 환자를 이틀 동안 돌봤다는 건 대단한 일이었으니까.

-후후, 그럼 현림이께선 이 빚을 얼마나 크게 갚으실까? 응?

핸드폰 너머에서 기대감 가득한 목소리가 흘러나왔다.

그동안 병수발 하느라 있는 고생 없는 고생 다했을 텐데 저토록 밝다니.

이 기대를 배신하면 안 된다는 생각이 들었다.

"이번 달까지 장편으로 쓸 만한 아이템 시놉시스 짜 와 봐. 피드백해 줄게. 이 정도면 됐지?"

-……뭐?

혜연이가 되물었다. 확실히 병수발이 힘들긴 힘든가 보다. 말도 제대로 못 알아듣다니.

"너 대본 하나 장편으로 메이드 될 때까지 내가 빡세게 피드백해 준다는 얘기야. 됐지?"

-야, 잠깐만 진짜? 이게 보답이야? 애초에 너도 장편 써 본 적 없으면서? 누가 누구한테 피드…….

"나 바빠, 혜연아. 끊을게. 아, 하영 누나 일은 고맙고."

후, 이래봬도 내가 왕년에 대본 봐 준다고 하면 신촌과 강남에서 오만 작가 지망생들이 대본 들고 달려오던 시절이 있었는데.

세상 많이 바뀌었다.. 20대 삐약삐약 작린이한테도 의심을 다 받고. 진짜 바뀌긴 했지만.

"크흠."

'아차.'

나는 갑자기 들려오는 헛기침 소리에 깜짝 놀라 시선을 돌렸다.

문 앞에는 방금 들어온 근현대사 교수가 흥미로운 눈빛으로 날 보고 있었다.

그러고 보니 교수 연구실로 불려온 처지였지?

"듣고 싶어서 들은 건 아닌데 꽤 크더군."

"죄송합니다."

"나야말로 미안하지. 학생 불러 놓고 정작 딴 일 보고 왔으니…… 혜연이니 하영이니 다 친구들인가?"

"네. 일단은요."

"허허 현림이가 인기가 많군. 하긴 그런 얼굴이면 당연하겠지만."

교수는 내 맞은편에 앉았다.

"하하."

웃고는 있지만 마음은 불편하다.

교수가 날 부른 것은 오늘 오전 수업이 끝나고 나서였다.

이유는 나도 모른다. 애초에 교수들이 학부생 부를 때 뭐 이유를 대지도 않지만.

'그러니까 도대체 뭐 때문에?'

친분은커녕 연결점도 없는 사이인데.

그때, 한 가지 가능성이 뇌리를 스쳤다.

'설마……'

내가 일본 사람들하고 같이 웹 드라마 찍는 걸 알게 됐나?

말도 안 돼. 그걸 누가 말한다고? 기껏 해 봐야 과에서 알고 있는 건 오덕환뿐인데 개가 굳이?

하지만 그거 말곤 다른 이유가 없는데.

갑자기 우리 사이 테이블에 놓인 책이 눈에 들어온다.

[일제시대 조선 토지 조사 사업, 그로 인한 경상, 전라권의 농민 수탈의 역사와 사례 모음집]

책이 참 두툼했다. 이걸로 누군가 머리 내려찍기 딱 좋게 생겼다.

-민족의 반역자가!-

라는 외침과 함께 말이지.

"자네, 그렇게 긴장하나? 뭐 안 좋은 일 있어?"

네. 있네요. 눈앞에 말이죠.

모르는 사람이라면 괜히 오버한다고 생각하겠지만, 저 교수 수업을 받아 본 학생이라면 알 거다.

황석흥.

이 교수가 얼마나 피 끓는 열혈인지.

수업을 들을 때면 내가 마주한 게 근현대사 교수인지 항일 독립 결사대 대장인지 헷갈릴 정도다.

오죽하면 국사학과에서 일본 교환학생을 안 받는 게 이 교수 때문이라는 얘기도 있을 정도니 말 다했지.

그렇다고 이 교수가 인덕이 없는 건 또 아닌 게, 집안이 잘살아서 그런지 학과 행사가 있을 때마다 수백만 원씩 쾌척한다고 하니 참 호쾌한 타입이다.

……호쾌하게 남의 머리 찍을 수도 있겠고.

"아무것도 아닙니다. 하하, 그런데 교수님 혹시 저는 무슨 일로 여기에 왔을까요?"

보는 사람 마음 심란하게 만드는 [일제 시대……] 어쩌고 하는 책을 옆으로 살짝 치워 두며 물었다.

일반적으로 교수는 학부생 성적에만 관심을 가진다. 흠 흠 이만하면 성적도 괜찮고 훌륭한 대학원의 노ㅇ…… 아니 인재구나 하면서 징발 아니지 스카웃하기 위해.

그 외에는 얘네가 학교 끝나고 영화를 만들든, 노래 가

사를 쓰든 일절 신경 안 쓴다. 지들 노예 부려 먹…… 흠흠 연구하느라 바쁜 몸들이니까 말이다.

그런 부류에게, 웹 드라마?

'아예 단어부터 생소할걸?'

여기까지 생각이 미치자 허리가 자연스레 꼿꼿해졌고 어깨가 펴졌다.

그럼 별거 아니겠군. 기껏해야 수업 태도 불량 지적이려나?

그 정도면 납득할 수 있다. 솔직히 [천불천승의 섬] 때문에 집중 못한 건 사실이니까.

황석홍이 미소 짓는다. 참 따스해 보였다.

그래, 별거 아니라니까?

"[천불천승의 섬] 촬영은 잘 돼 가나? 일본 사람도 있다는데 언어 문제는 없고?"

아하, 내가 왜 불려 왔는지 알겠다.

대가리 찍히기 위해 왔구나.

* * *

-작가가 새 몸으로 환생했더니 머리에 책 맞아서 사망-

저승사자가 생사부 보고 대체 무슨 표정을 지을까.

염라대왕도 이 새끼 뭘까 하고 쳐다보겠지.

"자네 왜 갑자기 머리를 숙이나?"

다행히 황석홍 교수는 눈앞의 책을 들어 올리는 대신 의아해하는 반응이었다.

"커흠. 그…… 어떻게 아셨나요, 교수님?"

"뭘? 웹 드라마? 내가 모를 리 있나? 과사고 과실이고 날이면 날마다 선물이 들어오는데."

"선물요?"

"현림이 너 글 쓰는 거도 좋고 촬영하는 것도 좋지만 학과 일에 관심 좀 가져라. 네 팬들이 선물 보내 왔다. 천불천승의 섬 조심해서 잘 찍으라고."

아, 그런 거였구나.

이제 이해가 갔다.

내 팬들.

처음에만 몇 번 오고 뜸하길래 잠시의 열정인 줄 알았는데.

새 웹 드라마 찍는다는 소식에 다시 타오른 모양이다.

황석홍 교수는 실수로 자기 연구실에 온 선물 하나를 내 앞에 내놓았는데, 남자 화장품 세트였고 위에는 대충 일본 쪽하고 같이 찍는 걸 축하한다는 내용의 손 편지가 들어 있었다.

참 아기자기하고 고운 마음이었지만 주소만 조금 더 자세히 쓰지.

다행히 눈치를 보아하니 황석홍은 딱히 기분이 나빠 보

이진 않았다.
"요새 수업에 집중 못하는 것 같아 보이더니 촬영하느라 그랬나?"
……살짝 안 좋은 것 같기도.
"촬영하는 것도 좋지. 하지만 학생이면 학생답게……."
교장 선생님 모드가 발동한 황석홍은 한동안 훈화 말씀을 쏟아 냈다.
나는 교수님 말씀이 백번천번 지당하시다는 표정을 지으며 다음 촬영의 윤선우를 생각했다.

윤선우.
간부실에 남겨진 일지와 영상을 통해 이 섬이 평범한 곳이 아니며 이상한 것들이 배회한다는 것을 알게 된다.
원래라면 즉각 부대에 지원 요청을 하거나 복귀하는 게 베스트지만 선우는 그리하지 않는다.
대명천지 21세기다. 요괴니, 뭐니 하는 것들을 인정하기엔 군인의 자존심이 용납하지 않는다.
'결국 사람이다. 사람인데 이상한 장난을 쳐서 우리를 쫓아내는 수작이다.'
마음속으로 이렇게 결정 내리고 나면 다음은.
'그럼 누가 이런 장난을 치는 거지? 북한? 중국? 러시아?'
이런 생각으로 이어지는 건 순리였다.

어느덧 윤선우의 내면에는 이 섬이 가상의 적국과 한국군의 전장 비슷한 이미지로 변해 갔다.

상대방이 누군지도 모르는 체 지원 요청? 복귀 시도?

뼛속까지 군인이었던 아버지, 당신에게 인정받고픈 압박에 시달리는 윤선우로는 불가능한 선택이다.

"……듣고 있나?"

한참 몰입에서 날 깨워 준 건 황석홍의 말 한마디였다.

"넵! 듣고 있었습니다. 교수님 말씀이 지당하십니다!"

"그럼 관심이 있다는 거로군?"

"……네?"

황석홍이 데스크로 가더니 팸플릿 하나를 내 앞에 내놓았다.

"이건?"

"한국사 위원회에서 영진위하고 같이 진행할 예정인 시나리오 공모전이야."

"한국사 위원회에서요? 놀라운데요?"

"이게 그 정도냐?"

"영화 쪽으로 나서는 건 처음 봐서요."

한국사 위원회라 하면 연구실에 틀어박혀 승정원일기 번역에 힘을 다하는 협회.

번역을 끝마치려면 최소 수십 년 어쩌면 백 년도 넘게 걸리기 때문에 여기 한 번 입사하면 실직 걱정 없는 평생직 공무원이라는 얘기가 돌 정도였다.

그런 곳에서 시나리오라니.

"뭐, 아직은 얘기만 오가는 정도지만, 아마 상금 펀딩이 제대로 이루어지면 올여름쯤에 공고가 나돌 거다."

여기까지 말을 마친 황석흥은 눈이 건조한지 안약을 눈에 몇 방울 떨어뜨렸다.

연구실 내부는 고서 보존을 위해서인지 교수 개인 성향이어서 그런지 꽤 건조해서 나 역시 목이 간질간질했다.

"어쨌든, 이번에 죽어도 되는 그놈 대본을 네가 썼다며? 천불천승의 섬이란 대본도 그렇고."

"두 번째는 친구 성혜연의 도움도 컸습니다."

황석흥은 동의하는 의미로 고개를 끄덕였다.

"그렇겠지. 대본이란 게 한 사람의 손만을 거쳐서 나오는 게 아니니까. 그래도, 한번 도전해 보는 게 어떻겠나?"

나오긴 하던데.

"이걸요?"

나는 팸플릿을 훑어보았다.

팸플릿은 아직 초안이어서 그런지 상금도 일정도 제대로 잡혀 있지 않았고, 다만 이번 공모전이 어떤 컨셉인지 정도만 나왔다.

'역사 속의 인물 재조명이라······.'

그리고 또 하나.

'소외당하고 천대받았던 계급들의 활약하는 내용이면 더욱 좋다.'

"그건 팔천들 말하는 거다."

황석홍이 두 번째 항목을 묻자 답했다.

"팔천요?"

"혹시 현림이 자네…… 팔천이 뭔지 몰라?"

황석홍의 눈이 가늘어졌다. 이 정도는 당연히 알고 있어야 하지 않냐는 질책 장전의 눈초리였다.

"노비, 기생, 백정, 광대, 공장(工匠), 무당, 승려, 상여꾼 이렇게 그 당시 조선의 8가지 천한 신분을 일컫는 말씀 아닙니까?"

그 말에 황석홍의 눈빛이 다시 부드러워졌다.

"그래. 국사학과라면 그 정도는 당연히 알고 있겠지."

그의 말이 이어졌다.

"수상만 된다면, 상금 외에도 한국사 위원회에서 전폭적으로 밀어주겠지. 보통은 이런 얘기 학부생한테 안 하는 편이야. 어차피 쟁쟁한 작가들 다 뛰어들 테니까. 계란으로 바위 치기나 마찬가지거든. 그런데……."

황석홍이 나를 빤히 바라보았다.

"나는 왠지 니놈이 한 번 사고를 칠 것 같다는 말이지."

그는 이어서 살짝 멋쩍은 표정을 지었다.

"웹 드라마 잘 봤다."

"……[죽어도 되는 그놈] 말인가요?"

"흠흠. 재밌더구나. 저승사자를 그렇게 이용하는 게 흥미롭고 참신하기도 하고. 어쨌든."

"그냥 노인네의 근거 없는 직감이라고 생각해도 할 말이 없다만 이 직감이라는 게 또 인생 빅 데이터가 내리는 결론이기도 하거든. 한번 해 볼 생각 없냐? 이게 또 내부적으로 지원 내용이 말 나온 게 특이하거든."

"지원 내용에 대해 혹시 들은 게 있을까요?"

"작가에게 상금 1억에, 제작비 지원. 이 지원이 비율이 얼마나 되는지는 모르지만 중요한 건 이거다."

"……?"

"작가가 제작사 선정에 관여할 수 있도록 하는 것."

뭐지? 내가 잘못 들었나?

"설마요."

"이 녀석이? 내가 허황된 말 하는 거 봤냐?"

"안 봤습니다!!"

이번 학기 들어서 처음 뵙는 분이니까요.

"흠흠. 널 보면 배우 하고 싶어서 대본도 쓰는 거 같아서 말이야. 왠지 알려 주고 싶더구나. 물론…… 아까도 말했듯이 쟁쟁한 작가들이 뛰어들 게 뻔하긴 하지만 말이다."

시나리오 공모전, 상금은 1억, 제작사 선정 관여.

이런 상황을 칭하는 말이 있지.

식은 죽 먹기. 케이크처럼 쉽게 먹기 등등.

쟁쟁한 작가 대거 참여?

'알 바냐?'

그 쟁쟁한 작가들이 달이면 달마다 글 쓴 거 좀 봐달라고 대본 가져오는 대상이 이 몸인데?

* * *

유현림이 서울로 가 있는 동안 [천불천승의 섬] 촬영팀에서는 몇 가지 신기한 일이 일어났다.

그 첫 번째.

-멍멍멍!! 와르르르!!

이제성 PD가 외쳤다.

"야 야 제작부, 어디 있어? 저 개새끼들 좀 어떻게 해 봐라! 촬영 다 망치겠다!"

"잠시만요…… 에잇!"

제작부원 하나가 비닐봉지에서 고깃덩이를 꺼내 개들 뒤로 던졌다. 피가 뚝뚝 흐르는 고기였다. 촬영장을 향해 달려오던 개들이 피 냄새를 따라 방향을 선회했다.

"베리 굿이긴 했다만 자네…… 현장에 웬 생고기를 가져오나?"

"네? 이거 현림 씨가 오늘 꼭 챙기라고 해서…… 쓸 일이 있다고 했거든요."

"……현림이가?"

그 두 번째.

베이스캠프 주변에 불상과 장승을 세팅하던 도중, 제작부원 하나가 헐레벌떡 달려왔다. 등에는 다른 부원을 업은 채였다.

"뱀입니다! 뱀! 이 근방에 뱀 있습니다!! 방금 이 친구 다리가 물렸습니다."

성시우와 이제성 모두 사색이 되었다. 맙소사.

"병원! 지금 당장 병원에 연락해!"

"지혈!! 지혈부터!! 발? 발목이야?"

허겁지겁 내려서 발목을 걷어 보면…… 멀쩡하네?

남자답지 않게 뽀얀 발목은 이빨 자국 하나 없이 매끈했다.

"이상하네…… 분명 물린 것 같았는데…… 아! 그러고 보니 저번에 현림 씨가 이번 주는 스텝들 모두 발목까지 올라오는 두꺼운 양말 두 겹씩 신으라고 했어요. 혹시 뱀에 물릴지 모른다고. 그래서 신긴 했는데."

여기까지 들은 성시우와 이제성이 입을 떡 벌렸다.

"현림이가 그 말을 했다고?"

"지금 이 날씨에 물릴 걸 예상했다고?"

성시우는 좀 당황했지만 빠르게 침착을 되찾았다.

"촬영은 잠시 중지하겠습니다. 근방에 뱀이 또 있을 수 있으니까요."

이제성 PD가 얼굴을 살짝 찡그렸다.

"그냥 우연일 뿐입니다. 계절 착각한 뱀 한 마리 때문에 촬영을 지체하다니요."

"그런 뱀이 한 마리가 아닐 거라는 걸 어떻게 알죠?"

그때 스텝 하나가 다가와 뭔가를 내밀었다.

"이거……."

백반이었다. 뱀을 쫓는다고 하는.

성시우와 이제성 둘 다 안색이 환해졌다.

스텝은 우물거리며 말했다.

"그…… 현림 씨가 반드시 필요할 거라 해서."

"……."

"……."

서로를 쳐다보는 성시우와 이제성. 할 말을 잃은 두 사람이었다.

그 세 번째는 숙소에 창궐하는 지네들이었고.

그 네 번째는…….

민박집 거실.

성시우가 물었다.

"또 현림이지?"

제작부장은 죄지은 것처럼 기어 들어가는 목소리로 대답했다.

"……네."

"우리 가운데 예언자가 있었네."

거실 소파에 드러누운 이제성 PD의 느긋한 목소리였다.

성시우가 허! 허! 헛웃음을 지었다.

"이게 말이 되나, 제성아? 상식적으로 이해가 안 되는데."

"뭐 어때 시우. 좋은 게 좋은 거지. 상식적으로 생각해 보면 아예 말도 안 되는 게 아니야."

"뭐?"

"섬이니까 버려진 개나 고양이들이 서식하는 게 이상할 건 없지. 또 생각해 보면 이른 봄에 깨어나는 뱀들도 있으니까 그걸 대비하는 것도 이상한 게 아니고. 지네도 그렇고 또……."

"하나하나는 그렇지. 다 합쳐지면 말이 안 되는데."

"사실 이런 말하기 뭐 하지만 이런 건 제작부가 대비했어야 하는 문제지."

"그렇긴 한데."

두 사람의 대화를 정면에서 듣던 제작부장의 목이 절로 굽어진다. 서 있지만 가시방석 같다.

이제성PD는 웃고 있지만 가장 싸늘한 비수를 날렸다.

"뭐, 아직 경험이 많지 않아서 그래. 이런 경험도 하나하나 쌓아 가고 그러면 되는 거지."

"그럼 현림이는 경험이 많은 건가?"

"글쎄…… 나는 그 친구 평가하는 거 포기했어. 경험이 있고 없고를 떠나서 내가 함부로 뭐라 할 레벨이 아니던데."

"꼭 뭐 알고 있는 것처럼 말하는군."

"알잖아? 나 연 실장님 라인이라는 거. 그쪽에서 들은 얘기가 있는데, 이건 뭐 글 쓰는 속도 하며 연기력 하며 말이 안 나오는 수준이라는데?"

"그거하고 현장 대응하고 무슨 상관인데?"

이제성 PD가 혀를 찼다.

"당연히 상관 있지, 바보야. 각본, 연기력 둘 다 경험 없는 애기가 지금 신들린 듯한 퍼포먼스를 보이고 있는데 그깟 현장 대처, 꼭 경험이 있어야만 가능하겠어?"

"그러네."

시간이 지나고 제작부장이 물러난 후에도 두 사람의 대화가 이어졌다.

"난 현림이 그 친구가 어디 절에 들어가서 5년 동안 도만 닦고 온 거라 해도 믿을 것 같아. 애가 도저히 그 나이대 애가 아니야."

이제성의 말에 성시우가 고개를 끄덕였다.

"마지막 말은 나도 동감."

"현림이 언제 오지? 갑자기 얼굴이 보고 싶어지는데."

"오늘 수업 다 끝났으니 이제 저녁에 차 타고 내려올 거야."

"하영 씨는? 수요일부터 괜찮아졌다는 얘기 들었는데 그 뒤로 소식이 없네."

"아마 같이 내려오지 않을까? 이번 주 일요일에 분량 있으니까."

"나츠 회상 씬?"

"그래."

"나츠 그 친구 잘 지내나?"

누워서 눈을 감은 채 이제성이 대답했다. 이제 슬슬 졸린지 나른한 어조였다.

"잘 지내. 은규인가 걔하고 친해졌던데."

"은규 씨하고?"

"둘이 은근 죽이 잘 맞더라고."

* * *

영청도의 민박집은 말이 민박이지 사실상 펜션으로, 옆집 앞집 뒷집 모두 펜션을 하는 곳이었다.

여기서 나츠를 비롯한 일본인들은 한국인하고는 다른 숙소를 썼는데, 국적도 다른 사람들이 다 같이 섞여 자는 것보다 따로따로 지내는 게 낫다고 서로 합의를 봤기 때문이다.

자연스레 일본인들의 숙소엔 필요한 일이 아니면 한국인들이 들락날락하지 않았는데, 오진철 역을 맡은 임은규는 예외였다.

종종 일본인 숙소에 들러서 음식을 주며 얘기 한두 마디씩 나누곤 했는데 그러다 보니 또래인 나츠와 친해졌다.

"촬영하는 데 불편한 건 없고?"

"물어봐 줘서 고마워. 없어. 괜찮아."

둘은 종종 담배도 같이 피우곤 했다.

"어때? 작품 잘 될 것 같아?"

"내 생각에는 잘 될 것 같아."

물론 국적이 다르다 보니 이런 겉핥기식의 단편적인 얘기가 전부였다.

그래도 다른 사람들은 일할 때 빼면 말도 안 걸어온다는 점을 생각하면 둘이 가장 친하다는 이제성 PD의 말은 진짜였다.

어디까지나 반만.

임은규가 돌아가고 나면 나츠와 스텝들은 비슷한 주제의 다른 얘기를 나누곤 했다.

"잘될 것 같아요?"

"응. 잘 될 것 같아. 뭣보다 대본을 잘 써서. 일본에서도 인기를 끌 거야."

대체로 스텝들이 질문하고 나츠가 대답하는 방식이었다.

"중국이나 동남아 쪽도?"

"글쎄. 그건 두고 봐야겠는걸? 그쪽은 잘 아는 나라들이 아니라서."

"한국은 잘 아시고요?"

"뭐 중국보단 잘 알지. 친구들도 있고."

"그 나라에서도 잘되면 좋겠네요."

"당연한 얘기를."

나이가 두 배는 됨직한 스텝들이었지만 나츠를 향한 태도는 공손했다. 오히려 조카뻘인 나츠가 거리낌 없는 편이었다.

"그나저나 아쉽군요."

"응?"

"그렇게 괜찮은 대본이라면 직접 주연을 하셨어야 했는데."

나츠는 방금 그 소리를 한 사람이 누군지 확인하기 위해 고개를 들었다. 사장 친척이라고 직원을 다 아는 건 아니지만 적어도 누군지는 확실해 보였다.

굳어 버린 스텝들 사이로 자기가 무슨 말을 한지도 모르는 얼간이 하나가 보였다.

대충 나이는 이십 대 후반.

나츠가 웃었다.

"내가 주연을 바꿀 정도로 연기를 잘한 건 아니라는 얘기겠지."

얼간이는 자신의 실언을 눈치챘는지 눈에 띄게 당황하

며 허둥댔다.

"꼭 그렇지는 않습니다. 쟤가 대충 듣기로 여기 감독하고 주연을 맡은 배우하고 굉장히 친하다고 들었거든요."

"그래?"

"네. 정말입니다!"

"실력은 내가 더 낫다."

"네. 확실합니다!"

"고마워."

나츠는 속으로 생각했다.

'눈치도 없고 연기도 모르는 친구구나.'

어쩌다 일행에 꼈는지 모를 정도다.

연기에 관심이 있고 보는 눈이 있다면 저런 말이 함부로 나오지 않을 텐데.

지금 여기 와 있는 배우 중, 나츠의 눈에 들어오는 배우는 두 명, 유현림과 방금 나간 임은규였다.

나머지는 크게 신경 쓸 부류가 아니었다. 여자 둘은 외모는 예쁘지만, 맡은 배역 자체가 연기력이 돋보이는 게 아니라 아예 논외였다.

결국 남는 건 방금 말한 둘인데, 사실 임은규는 연기력보다는 발성과 목소리 톤이 더 기억에 남는 편이었다.

일본 사람이라도 느낄 수 있는 건 느낄 수 있는 거니까.

연기? 냉정히 얘기하자면 그 나이 또래보다 잘하는 건

맞지만 단지 그뿐이라고 생각했다.

그런데 유현림.

이 사람은 좀 특이했다.

이 사람이 이번 [천불천승의 섬] 대본을 썼다는 건 안다.

그리고 자신이 그 대본의 주연 오디션을 봐서 붙였다는 것도.

처음 그 얘기를 들었을 때는 흔하디흔한 청탁 캐스팅이라고 생각했고, 사장이 똥 밟았다고 생각했다.

저런 청탁이 공공연하게 먹히는 제작사는 오래가지 못하는 법이니까.

자신도 이번엔 미련을 놓고 포트폴리오 한 줄 생기는 것에 만족하기로 했다.

'실제로 보기 전까진 그랬지.'

나츠가 자조적인 웃음을 지었다.

촬영장에 오기 전까진 그렇게 생각했다.

그리고 오고 나서 생각을 고칠 수밖에 없었다.

'제일 나아.'

여기 있는 모든 배우 포함, 자신이 봤던 또래의 어떤 애들하고도 달랐다.

'윤선우, 그 자체였지.'

표정과 제스처는 물론, 발음과 억양이 하나로 어우러져 윤선우라는 인간을 대본에서 현실로 끌어냈다.

제페토가 생각났다. 피노키오를 만들어 낸 장인 제페토.

그런 의미에서 유현림은 또 다른 제페토였다.

윤선우를 창조했으며 현실에서 살아 움직이게 만든 존재.

더 대단한 건 그 유현림이 간부는커녕 아직 군대도 안 갔다 왔다는 것이다.

그런 배우가 군 간부를 완벽히 재현해 냈다?

'논외야. 논외.'

나츠는 확신했다.

만약 이 대본을 일본 작가가 써서 자신과 유현림이 동시에 주연 오디션을 봤다 하더라도 붙는 건 현림이였을 거라는 걸.

작가가 바뀌었어도 주연은 바뀔 리 없다.

그 사실이 나츠를 입맛 쓰게 했다.

* * *

영청도로 내려가는 기차는 금요일 밤이라 그런지 사람이 제법 많았다.

다행히 만석까지는 아니어서 발 쭉 뻗고 편안한 자세를 유지했다.

까톡!

-전에도 말했지만, 긍정적으로 검토해 봐.

……마음까지 편하지는 않지만.

-넵 알겠습니다, 교수님.

"하아."

무심코 내쉰 한숨에 반대편 자리에 앉은 여자가 흘끔거렸다.

저쪽은 아까부터 이쪽을 의식하고 있었다.

하지만 고된 수업에 몸과 마음이 지쳐 마스크나 선글라스를 쓰고 싶은 기분이 아니었기에 될 대로 되라는 심정으로 내키는 대로 한숨을 내뱉었다.

'한국사 위원회와 영진위 합동 공모전이라…….'

매력적이다. 확실히 매력적이다.

상금 액수도 액수일뿐더러, 작가가 제작사를 고를 수 있게 하고 잘 안 되면 매칭도 시켜 준다는 내용이 아주 마음에 들었다.

올해 미장센 일정하고 어떻게 퍼즐만 잘 맞추면 최우수상 받는 즉시 바로 제작 착수할 수 있게 스케줄도 딱이고.

너무나 좋은 기회.

그런데 마음이 편하지 않은 이유는…….

'지난 생에선 이 시기에 이런 건 없었는데?'

그렇다면 가능한 결과는 둘 중 하나다.

무산되거나, 망했거나.

좋은 기회지만 망할 기회라니.

참 나. 이런 거에 지원하라고?

황석흥, 이 교수는 뭐 이런 걸 다 가져오는지 모르겠다.

까톡!

-그래, 기대하고 있으마.

……제발 기대 안 했으면 좋겠다.

(천재 배우 강림 4권에서 계속)